第二章

革命年代

## 一

在父亲与母亲结婚的最初几年里，父亲每月三十多元的工资，吃公家的供应粮，过着平平淡淡的生活。

婚后的第一个大年，家中打了半斤散酒，以庆祝这传统的节日。逢父亲的一名工友到家里串门儿，看我家只买了半斤酒，哂笑之余，说他一口气就可以全部喝下去。父亲说那你喝吧，半瓶酒被那人一口干掉了。父亲不嗜酒，说起这件事只觉得很有趣。

1965年阴历五月，哥哥出生，小名勤勤。因为是第一个孩子，父母亲百般爱护。

## 二

史无前例的"文化大革命"于1966年正式拉开序幕。运动初期，父亲因为家庭出身贫农，很是风光了一阵子，参与了当时颇为重要的外调工作。罕台煤矿因是新建单位，来

## 南渡北归人

自天南地北的人很多，甚至有不少右派下放到其间。父亲讲，有一个哑巴，在矿上工作几年了，行为默默。某次，因受到不公待遇，突然说话，周围人都很吃惊。父亲的外调工作，主要是对一些当时看来身份有疑问的人进行调查，走过一些城市，甚至坐过飞机，算是经见过一些世面。直到我后来上大学，父亲还用他当年出差的经验谆谆教导我。

父亲回忆说，他曾与一个叫李世成的东北人一起到东北搞外调。他们乘火车一路从包头到北京到哈尔滨，也曾途经锦州，耳闻当地人对战争的回忆。小时候听父亲说自己的故事，西北话发音不清，我一直听做是荆州，概因自小对三国故事刘备哭荆州耳熟能详。直到学过历史，才知这里曾是解放战争时期辽沈战役的主战场。出差途中，每日花费不过一两元钱，父亲觉得已经很奢侈了。在东北，父亲印象最深的是当地人可以天天吃豆腐。那个年代普遍物产匮乏，我家这边，能吃到豆腐是很不寻常的事，从我能记事起，只有在家里改善伙食时才偶一为之。遂感叹东北人的生活真好。另外印象深刻的一件事是东北的苹果很便宜。父亲讲了一个笑话：有一外地人到东北，看到这么便宜的苹果，便买了很多，包里装不下，就拿出随身带的裤子，扎紧裤口，装了一裤子的苹果。东北工业发达，土地肥沃，物产丰富，当时而言，生活水平远非其他地方可比，无怪乎父亲很羡慕。

参加外调是临时性工作，回来后父亲仍然是一名普通工人。1968年家里乔迁新居。新落成的家属房，坐落在墓家沟北面山坡上。土木结构的平房，外墙用白灰抹出来，房顶有雨檐。一共四排，每排十户。我家住在从南往北第三排东起第一户。房屋一进两开（一室一厅当时的说法，也叫前后里间），每户三四十平方米的样子，在当时这算是很好的住宅了，现在想起来也觉得挺漂亮的。这些房子在1990年代罕台新建化工厂时拆掉了，似乎也连带把我童年的记忆拆掉一部分。

姐姐于1968年阴历四月出生，小名秀秀。因为属猴，当地民间说法生在四月犯月，因此从一出生就把她的生日改到阴历五月。这是父亲在去世前不久告诉我的。姐姐出生后，因为母亲奶水不足，只能买奶粉喂食，而父亲微薄的工资供养一家人就捉襟见肘了。为了多挣一点钱，父亲便主动提出从明外调到井下工作，工作内容是井下抽水。

在父亲调换岗位后不久，按照政策要求对知识分子进行再教育，父亲作为工宣队成员进驻伊盟师范学校。父亲没有读过书，却一生都对知识分子怀着崇拜的情结。父亲说，当时名义上是工人阶级领导知识分子，实际上根本没有那个能力，进驻后，依然维持了原先的工作、生活节奏。父亲是农民出身，闲暇时恢复了农民的本色，领着大伙儿种树。这些树以后都长成了。教师中有好多还是农村户口，在城里生活诸多不便，父亲便积极奔走为他们解决户口问题，前后解决了六七个老师的城市户口。父亲还说过一件令他引以为憾的事情：一个学生，偷了一把斧子，查出来后，被学校开除了。父亲说那个孩子好可怜啊。

其间，府谷的二爹因生活所迫，到罕台寻父亲。"文化大革命"期间，农村的生活一天不如一天，生存异常艰难。20世纪60年代初二爹曾到包头的一个煤矿当工人。由于举家都在府谷，在探家时，被二妈苦苦挽留，遂放弃了工作，留了下来。这次是二爹第二次出来。父亲回忆二爹刚到罕台时的情景：母亲款以肉食，做饭时二爹对母亲说："嫂嫂，不要把肉上的油熬得干了，这样才好吃呢。"父亲给二爹寻了个装卸工的活儿，干了一段时间，略有积攒，就又回老家去了。父母亲提起的关于哥哥最初的一个故事也发生在此时：二爹临走时，母亲做了一锅面条，四岁的哥哥一个人把着锅，不让所有人吃饭。血浓于水，在小孩子心里，也许有一分依依惜别的情绪在里头吧。

"文化大革命"初期，外祖父一家颇不安宁，因为地主成分，成为批斗对象。二姨的学习成绩本来很好，读完了初中，无法继续，只能辍学而耕，在家待嫁，最后嫁给了叫张子义的复员军人。二姨夫后来当了公社干部，人品端正，待人诚恳热心。运动逐渐降温后，外祖父成为生产队的牧羊倌，日出而作，日入而息，在群山间放羊，生活中有一点田园牧歌式的诗意。外祖父是本分人，胆小忠厚，对于这些经历，即使在"文化大革命"以后，也没听他发过一句牢骚。

## 三

1969年的阴历四月初七，我不适时宜地来到这个世界。因为生活困难，母亲便不想要我了，要把我溺死。是邻居刘氏老太太救了我。她家住我家后排，孩提时代，小孩子们都管老太太叫"三娘娘"。当时三娘娘拍了我一巴掌，我发出响亮的哭声。三娘娘就说，这么好的孩子，留下来吧。父亲此时还在伊盟师范学校工宣队，听到我出生的消息，匆匆步行赶回来，对母亲想遗弃我的想法决不同意，母亲也就没再坚持。在我童年时，有过一段叛逆期，每每觉得母亲过于严苟时，便会拿话顶撞道：是我三娘娘救了我。

我出生以后，为了维持生计，母亲在煤场当了装卸工，这是很繁重的体力劳动。母亲出去装车的时候，怕我和姐姐从炕上掉下来，就把我们用绳子拴在炕上，中途抽空跑回来喂食。晚上睡觉，我和姐姐睡在母亲的被窝里，一边一个。由于要照顾我俩，母亲自己经常盖不严实，以后肩膀留下隐患，经常感到酸痛。

因为奶水不足，母亲常把姐姐送到外祖母家。母亲回忆我们小时候到外祖母家的情景：母亲背着我和姐姐，在盘桓的山路上走啊走，近三十里的山路，一直走到外祖母家。我年龄大些的时候，每每看到母亲矮小的个子，朦胧中回忆起当年的情景，感到无限的辛酸和温暖。

姐姐在外祖母家时，每日能吃到新鲜的羊奶，长得胖乎乎的。因为在外祖母家待的时间多，姐姐对外祖母怀有深厚的感情。姐姐四岁时在外祖母家出过一次小事故：因为天天吃羊奶稀饭，少吃青菜，竟至于严重便秘，数日不能大便。外祖父、外祖母束手无策。父亲从三十里外背回了姐姐，求治于煤矿的罗大夫。罗是因右派身份下放到此的，曾在部队当过医生，医术医德均好，轻松化解了这突如其来的病痛。罗后来还是因政治上的问题离开罕台煤矿，据说在河套的某个地方继续当医生，但从此与我家再未谋面。

我现在能回忆起关于自己幼年时最早的一件事发生在我三四岁时。某夜，拉稀屎，被褥尽沾，惊动了父母亲。拉亮灯，看我沉浸在一片屎溺中，急忙把我放在水盆中冲洗。那样一个深夜啊，母亲用温暖的手洗我身上的屎溺，父亲守在旁边，那一刻温暖的感觉永远凝固在我的记忆中。在我年幼的记忆中刻下印痕的还有母亲嚼碎了食物喂我的情景。当母亲嘴对嘴地把食物喂到我嘴里时，那种濡湿的感觉在记忆里永远无法磨灭了。

## 四

哥哥于1972年上学。因为附近没有学区统辖的学校，罕台煤矿便自己兴办了一所学校，以方便职工子弟入学，学制到初中。在这里上学的除煤矿孩子外，还有附近农村的小孩。在那样一个年代，人们对学习并不重视。即使到我上学的时候，小孩间经常说的一句话是："到十八岁公家就可以给安排工作了。"所以很盼望长到十八岁。学校没有几名正式教师，半路出家者居多。更奇的是一名崔老师，只有小学文化程度，居然把一班学生一直带到小学毕业。在这样的教育环境下，本来就顽性十足的哥哥，入学以后，其顽劣之性得到更充分的发挥，且很有创造力。

"偷瓜"是家里人津津乐道的一件事情。大概在哥哥十岁左右的时候，与邻居小孩一起去偷瓷窑沟武玉明种的西瓜。

武玉明是个极富传奇色彩的人物，解放前在二架山（大致在包头大青山一带）当过土匪。武生性鲁莽，经常给围坐一起的人讲土匪的故事，口沫横飞，煞是热闹。讲述最多的是土匪杨猴小的故事。杨猴小原名杨耀峰，是伊克昭盟东胜市羊场壕（今鄂尔多斯市东胜区罕台镇）人，因其体形瘦小，在家排行老小，故名杨猴小。二十多岁起自立山头，拉起了二千多人的马匪，在河套、大青山、鄂尔多斯、陕北一带抢劫。作为中国西北地区土匪中最狠、最变态的悍匪，别的土匪杀害人质，无外乎开枪、砍头，但杨猴小匪股却采用活剥人皮、下油锅等惨无人道的方式。其匪股一旦入村，杀人放火，奸淫妇女，无恶不作。1931年秋，杨被东陵大盗孙殿英收编，任师长。后孙部在宁夏被"四马（马鸿逵、马鸿宾、马步芳、马步青）联军"击溃，杨猴小率部脱离孙殿英，重操旧业。1933年，杨匪在萨拉齐县的达尔沟被绥远

407团包围，激战中腹部受伤，肠子流出一截。杨用手把肠子填回肚里，部下抬着退出战斗，逃到东胜的柴登壕。因不敢暴露身份，花大钱请来一个医生，用手枪逼着在没有麻醉的情况下做了手术，保住性命。1935年，杨匪在陕北定边一带抢劫，被国民党22军86师井岳秀部围剿，激战中腹部中弹，死在杨桥畔龙眼村。民歌唱道："正月初三天炮响，杨猴小死在龙眼上。"我小时候，小孩不听话，大人就会吓唬："杨猴小来了！"小孩立刻止啼。大人之间吵架，骂得狠了，会骂对方是杨猴小转（世）的，往往会引起很大的纠纷。在我上小学的时候，有一个杨姓的同学，某次两人在山上走路，告诉我杨猴小是他本家。

在小孩的心目中，武玉明当土匪的经历很神秘，都有点怕他。其妻脚小，据说善骑射，是武玉明当土匪时抢来的。他本有一个原配老婆，还为他生了一个儿子叫武双虎。全国解放后，实行一夫一妻制，武与原配离了婚，与土匪老婆结了婚。武双虎长大后，辗转到罕台寻到生父武玉明，安排到煤矿井下工作，后来死于矿难。罕台煤矿成立的几十年中，据大人们估算，平均下来，几乎每年都会因矿难死一个人。死了人，灵棚就搭在院子里。冬天的时候朔风吹过，天昏地暗，对小孩而言，真的很骇人，夜晚的时候更是战战兢兢。

我还清楚地记得偷瓜那日，我与姐姐闹着要一起去。哥哥不允，在后山上拿着石头把我们往回赶。不小心一块小石头打到姐姐头上，砸开一个小口子，流好多血。我和姐姐哭着回家向母亲告状。

把我和姐姐赶回家后，哥哥与伙伴迅速消失在山后，到二里之外武玉明的瓜地，开始实施偷瓜计划。不光是嘴馋，小孩子的心思就是要恶作剧。到了瓜地，环顾无人，便无所顾忌地搞破坏。两人先是把西瓜、小香瓜不论生熟都往下摘。最恶劣的是把一颗西瓜挖一个洞，往里边拉了屎，再把瓜皮盖上。彻底过瘾了，拿着自己的战利品胜利归来。

哥哥干完坏事回来后，知道父母在气头上，不敢回家吃饭。等我和姐姐到外边的时候，便悄悄塞给我俩每人一个小香瓜，就这样我俩被收买了，恨意全消。乘父母不在的时候，我和姐姐偷偷拿了饭给他吃。

这件事最后还是被武玉明查清了，找上家门。武玉明道："吃几个瓜也可以，不要这么糟蹋啊。"为此，母亲道歉，说了不少好话。

哥哥小时候，有一段时间还沉迷养鸟。早先的时候，在故乡鄂尔多斯高原有一种叫"红雀"的鸟，鸣声清脆婉转，极其动听，灰色的外表，在翅上及头部各有一簇红羽毛，故名。养红雀在孩子们中间很盛行，罕台的男孩儿几乎都曾有过这样的经历。家里到学校大约二里路，途经老虎山。在老虎山的半山上，多年来住着一个叫郭毡匠的老汉，在做毡子的闲暇，经常捕红雀。老汉长须飘然，童心不死，手艺高超，捕鸟机关做得很精妙。手脚笨的小孩，自己捕不到红雀，便到郭毡匠那里花一两毛钱买一只来养。

我记得哥哥自己动手，用细铁丝做了一个精致的鸟笼。鸟笼分了三层，哥哥管那叫"三层楼房"。里边养了两三只红雀，发出婉转的鸣唱，让我很羡慕。哥哥每日精心打理，喂水喂米，当成心肝宝贝。夏天的时候，常常挂在外面房檐下，惹人驻足。某一天晚上，哥哥去看电影，我隐约还记得那电影名叫《磐石湾》，遇风雨，挂在外边的红雀不知被哪家小孩偷走了。哥哥为此与母亲闹了好一阵子，从此再未养过鸟。

"文化大革命"后期至改革开放初期的一段时间，是罕台煤矿最风光的时候，煤炭年产量最多时达三十多万吨，生活气象蓬勃向上。小孩间开玩笑道：我们是达拉特旗第二大城市。煤矿有个大礼堂，能容纳数百人，隔三差五在里边放电影，以八一厂的战斗片居多，是小孩子的最爱。

看完电影后，最喜欢玩的游戏是一群小孩重现电影中的场景，分成"好人""坏人"一起做游戏，《南征北战》《地雷战》《地道战》《渡江侦察记》《奇袭白虎团》《智取威虎山》是最受欢迎的电影。哥哥的顽劣在这方面有十足的体现。看完电影《智取威虎山》后，哥哥立即把电影中的杨子荣当成偶像来崇拜，学会了土匪讲的全套黑话，经常从嘴里蹦出几句，像模像样。一次学习杨子荣的英雄行为，从高处往下跳，摔断了胳膊。一开始还不告诉家里人，学着电影里的样子自己吊了一根绷带。父母问起时，便敷衍说好玩。直至几天后，家里人才觉出不对。父亲领哥哥到包头的三医院接胳膊，没有接正。复查时医生要给重接，父亲未允，以致以后哥哥的右臂伸展时有一个明显的弧，也算是一生的纪念。

# 五

姐姐虽只长我一岁，却在整个童年时代一直看护着我。记忆中最深刻的事情是幼时和姐姐一起去野地里掏"爬椰榔"。爬榔榔，草本植物，叶微红，根能食，味甘甜。夏秋之际，一群小孩子在野地里掏爬榔榔，嘴里念着口诀："爬榔榔爬榔榔你寻我，我给你打炭烧火火。"有时挖出一根筷子粗的爬榔榔，别提心里有多高兴了。

关于幼时姐姐对我的看护，父母常说起这样一件事情：夏天傍晚，我随姐姐一起到野地里玩。玩得正在兴头上，姐姐叫我回去，我不肯。姐姐没有丝毫办法，看着渐晚的天色，干脆自己也不回家，坐在野地里哭了起来。父母谈起这件事，常常一笑结束，我却从中体味着姐弟情深的源远深厚。

与姐姐一起干的一件糗事发生在我五岁时。受到邻居家小孩的引诱，乘父母不在家的时候，我与姐姐从父亲的旧塑料钱包里偷了两元钱，到供销社买糖吃。我清楚地记得，当时父亲的口袋里总共有三元钱，一张一元面值，一张两元面值。看到两元面值的比较旧，小孩子的心思，以为新钞比旧钞珍贵，因此留下了一元，偷走了两元。我和姐姐拿了这两元钱，一起去了供销社。售货的阿姨感到很奇怪，但还是把糖卖给了我们。回到家里后，这件事被父母知道了，严厉地责备我们，并把糖退还给了供销社。一共少了三颗糖，我和姐姐每人吃了一颗，邻居家的小孩吃了一颗。

现今的小孩对这样的事情很难理解。在那个物资匮乏的年代，孩子们并不是经常能吃到糖。偶有亲戚来家，买上两三毛钱的水果味硬糖便算是不菲的礼物，牛奶糖更接近于奢侈品了。对于这件事，父母的印象也很深刻，因为两元钱在当时并非一个小数目。父母后来回忆起这件事的时候，又是怀着另一番复杂的心情，想想当时的生活情景，以及我们幼年微薄的物质享受，父亲常说："太可怜了。"

大概因为年龄的差距，童年时代，兄妹三人很少有一起出去玩的经历。即便偶一为之，我和姐姐也要受到哥哥的百般捉弄。难得有一次，哥哥领着我们到后山玩，回家的时候，忽然装出用恐惧的眼光看着身后，然后率先撒腿就跑。我和姐姐不明就里，不知身后有什么神秘事物，也急忙跟着跑，内心充满恐惧。逃跑时我的一只鞋掉了，仍然不敢停下来，转而一边哭一边跑。看着我狼狈的样子，哥哥开心地大笑。

# 六

也许受那时革命热情感染的结果，我的童年是在热烈的气氛中度过的。那时的小孩多从事户外活动，常玩的游戏如玩水、捕鸟、滑冰等等，多姿多彩，把童年生活填得满满的。

故乡的春天寒意泠泠，往往清明节后才初降春雨。春末夏初，童年的游戏拉开大幕。

寻石鸡蛋和捕小石鸡是很有吸引力的活动。石鸡是生活在鄂尔多斯高原的一种野鸟，成年的石鸡鸽子大小，羽毛灰色，能飞翔而不善飞，一起而落，鸣声清脆，能传出去很远。在我童年时，这种动物很普遍，现在似乎已成了国家保护动物，很少见到了。春末夏初，大地复苏，石鸡把卵产在菅草丛中孵化。就在这个时候，一帮小孩相随去"碰石鸡蛋"。运气好时，一天可以找到一窝或两窝。每窝大概有十几个，拿回家里煮了吃，那是特别开心的事。"碰石鸡蛋"之所以对小孩有很大的吸引力，原因也在于此。有一次，我们四个小孩相约"碰石鸡蛋"，在山间寻了整整一天，一无所获，累得精疲力竭。其懊恼之情不难想见。

小石鸡孵出来后，大石鸡领着它们在群山间觅食，一片片清脆的叫声在山岗间环绕，此起彼伏，使故乡的初夏显得一派生机。这叫声对小孩子是极具魅力的召唤，捕小石鸡的活动随之蓬蓬勃勃展开。小石鸡不会飞，但极善奔跑，遇到

# 南渡
# 北归人

追捕时在大石鸡的带领下拼命逃遁。如果是上坡的方向，很难追到，但下坡的方向就不一样了，小石鸡既不会飞，又不敢快速奔跑，往往在这时被抓获。有时发现了目标，转过一个山岗就杳然不见，保护色使之安然脱险了。小孩子是很"残酷"的，捕到的小石鸡不几天即被折磨致死。

在我的童年岁月，生活与大自然总是神奇地合拍。追捕小石鸡的活动刚一结束，柳绿桃红，候鸟飞来，迎来孩子们一年一度的捕鸟盛事。

在我六七岁时，煤矿子弟中的"孩子王"是刘氏三兄弟。兄弟三人体健，善游戏，有很强的号召力。打鸟的时候，大家都喜欢与刘氏三兄弟结伴。普通用来打鸟的器械是弹弓，做弹弓用的胶皮以我们称之为"水胶皮"的最好。这种胶皮弹性好，不会轻易拉断。胶皮的来源在于当地有一个生产硫化碱的小型化工厂，工人在工作的时候戴一种防腐蚀的淡黄色乳胶手套，做弹弓的水胶皮即取于此。如果拥有一把很好的水胶皮弹弓，那是很值得骄傲一番的事情。也正因此，大一点的孩子有时便乘化工厂的工人洗澡之机，从澡堂中偷一只胶皮手套出来。即使在我十岁左右的时候，小孩子中还盛行这样的交易：一副做弹弓用的水胶皮换两三毛钱。我记得用弹弓打鸟的奇迹是刘氏兄弟的老二创下的，他用一颗石子一次同时打下三只鸟，真是神奇。我稍大一点的时候，比我大两岁的一名姓李的玩伴也是弹弓高手，一次他和另一名徐姓的小孩比试弹弓，相随到罕台河对岸叫"河对镇"的村子旁的一片树林打鸟，一中午的时间每人打落二十几只。

哥哥属大孩子的行列，经常与刘氏三兄弟在一起玩。幼年时我强烈地愿意跟着哥哥一起玩，但他一般不屑领我出去，偶尔领出去一次，便算分外恩典。有一次，哥哥开恩带我到河对镇打鸟，不小心石子落下时打到我头上，起了很大一个包，我痛哭不止。怕受到母亲的责罚，他便把自己刚打下的一只鸟慷慨地送给了我。我破涕为笑，兄弟皆大欢喜。

用鸟夹捕鸟也是很有趣的事。中伏机关，上面卡一只蚰蜒（一种尾部有夹子的小爬虫，鸟儿的最爱）。鸟在取食时，触动机关后就被夹住了。掏鸟窝在夏天也很盛行，主要是麻雀窝。当时人们认为麻雀是害鸟，这种行为往往还得到大人的鼓励。有时也能掏到画眉窝，不过我从来没有这么好的运气。在故乡鄂尔多斯高原，画眉属极稀有的鸟类，如今已几近绝迹了。

当年用各种方式捕到的鸟，没有伤的养几天玩，其余全部烧烤了吃。哥哥曾打下一只俗称"山草鸡"的大鸟，还专门从家里拿了盐和一些调味料烧烤，味道好极了。因为年幼，自己能捕到鸟的机会不多，有时大一点的孩子便给分一小块吃，那副馋样子想起来很有意思。

夏秋之际，在孩子们中间盛行"弹杏骨子"（杏核）的游戏。杏是家乡最普遍的水果，农村人家，只要有条件，几乎家家种几株杏树。夏天的时候，就有附近的农民或背一小口袋，或赶一小驴车来回兜售。记忆中有一个叫温三老汉的，他家的大黄绵杏品质极好，酸甜爽口，远近有名。杏核就是小孩游戏的工具，互相赌输赢。游戏的方式有"打堡垒""开洋楼""开店"等几种。所谓"打堡垒"，几个小孩一起玩，各自摆成阵势，用四个杏核垒成堡垒，再配以前、左、右三个杏核作为兵，互相用手指弹着"兵"进攻，直至把对方的堡垒射塌及把对方的"兵"全部弹中消灭为一局；"开洋楼"是垒一个堡垒，在一定距离之外由另外的小孩弹射，堡垒射塌归进攻一方，没有射塌堡垒的杏核则被防守一方收缴；"开店"是画一个田字框，里边标了"一、二、三、四"一组数字，由防守的一方把对方的杏核弹出去，允许对方在三次弹到田字框里有效，弹到标有几的框里，就赢几个杏核，弹不进去，就算输。玩这些我都不在行。那个打鸟很厉害的李姓小孩准头极好，于各种玩法都很擅长。

之所以拿杏核赌输赢，因其有一定价值。杏核里的杏仁用文火炒干后，味道极香浓，很好吃。烦琐一点，还有用杏仁做杏茶的，那是极享受的美食了。最重要一点是供销社常年收杏核，每斤几角钱，卖杏核是小孩们积攒零用钱的主要方式之一。

转眼已是秋高气爽时节，这是一年中最适宜游戏的季节，无夏日之曝，无冬日之寒。游戏的主要节目是"摘酸溜溜"和"扭钩钩"。

"酸溜溜"，学名沙棘，落叶灌木，多刺，其果实甘酸而汁多。在故乡的山坳深处，"酸溜溜"树比比皆是。秋天，"酸溜溜"果实成熟，一挂一挂或火红或金黄的"酸溜溜"在太阳底下闪着诱人的光泽，牵动着小小童心。如果几个小孩偶尔在山坳的某处觅到几株极茂盛、果实极好的"酸溜溜"树，视之为自己的宝地，不会轻易告诉别人。大人们不屑自己去采摘，尤其是一些妇人，便骗吃孩子们手中的果实，孩子们很轻易地中计了。

"钩钩"的学名叫什么，我不得而知。"钩钩"属草本植物，秋天抽穗，穗极富韧性，针线粗细，在强烈阳光的照射下，上半部柔软的部分扭曲成弯弯的形状，下半部拧麻花般密密地拧在一起。也有将快要成熟的"钩钩"直接采来在太阳底下暴晒，或在微火上烤，也能成为似天然成熟的"钩钩"一样的形状。"钩钩"的颜色大致分"黑、白、黄"三种，以黑色最为常见。游戏的时候，两人各执一枚，用食指和拇指捻着一转，两枚"钩钩"便缠绕在一起，用力一拉，断者为败。连断对方数枚者，被封为"将"，留待关键时候使用。有时碰到一枚很好的"将钩钩"，实在没有办法对付，便乘对方不注意之时，用两枚"钩钩"叠在一起将其扭断，甚至能引起不小的纷争。

随着太阳的南移，迎来鄂尔多斯高原寒冷的冬天，罕台河成了冰封世界。时间翻回到童年，眼前出现了火热的冰上运动：一群孩子牵了各自的冰车，迅速地在冰上滑行。

所谓冰车，用两根长约尺五，宽和高约为二寸的长方木头作为支架，放置成一尺左右宽的平行距离，上面钉一排木板，再把两截与支架长度相仿的角钢钻孔钉在支架的下面，作为滑行的轨道，一个冰车就做成了。也有把两根钢筋两头弯曲钉在木头上作轨道的，效果要差一点。然后再配两把冰锥：找来两截钢筋，用火烧红后，将一头锻成尖，另一头做一个把手。游戏的时候，或坐或跪在冰车上面，双手各握一把冰锥，刺在冰上向后用力，冰车在冰面上飞快地滑行。技术好的，随意改变用力的方向，使冰车或左、或右、或前行、或后退、或转圈、或刹车，运用自如，玩出各种有趣的花样来。

其他常玩的游戏诸如搧烟盒、捉泥鳅、截水坝、打土仗、打洋火枪、踢毛毽子、下雪天套麻雀等等，不一而足。我小的时候，小脑不发达，不仅玩游戏很笨拙，而且在日常生活中也显得笨手笨脚。学习别的小孩从屋顶往垃圾堆上跳，人家都没事，我却摔得一瘸一拐，一两个月才恢复；家中红油躺柜上放的闹钟，被我不小心一脚踹坏；缝纫机上的抽屉也是我不小心扳坏的。母亲说我小时候是十足的破坏分子。唯一值得自豪的是偷瓜：五六岁时，某次，外地来卖瓜的人，将西瓜卸在煤矿的磅房里叫卖。成年人怂恿我们说"偷瓜没罪"，便和一群孩子来到磅房。我瞄住一颗有绿色花纹的西瓜，乘人不注意把西瓜从窗户上扔出去。一群孩子窜出去，拿了打碎的西瓜就跑，一口气跑出去几百米，喘着气分享这胜利果实。

多年以后，陪着女儿在深圳儿童公园玩耍，看她像蝴蝶一样飞舞，回想自己的童年，不胜感慨。填《浣溪沙》词以记之。

南渡
北归
人

浣溪沙

恍然云烟隔少年，

红尘漫卷有无间，

天荒地老镜辞颜。


最忆山中频撒野，

鸟飞石乱草如岚，

小河淌水湿衣衫。

# 七

父亲的身体每况愈下，常年胃病，每到冬天，更是严重哮喘、咳嗽。在我的童年记忆中，父亲穿一身又破又脏的工作服，提着一盏蓝色的电石灯，上夜班时经常惊动了家里人。1973年，父亲因为身体健康原因，又从井下调到明外，岗位是烧澡堂子。

随着我们兄妹三人年龄的增长，食量增加，家里的生活状况更显窘迫。家里是城市户口，吃公家的供应粮，以粗粮为主，玉米面占了绝大比例。从我能记事起，家中的伙食就是以玉米面为主，时间久了，难以下咽。母亲做饭时，有时在玉米面里兑一点白面，蒸出来的玉米面窝窝口感稍细腻一点。一个月的供应粮，难得能吃几次白面馒头。记得有一次，母亲蒸馒头，哥哥问要蒸多久，母亲告诉他后，便守在那只闹钟前，数着时间，眼巴巴地等着馒头出笼。因为南北方地域的差异，看电影《红色娘子军》中吃大米的镜头，大为不解。因为在我们看来，大米是很高档的主食，在供应粮中的比例更低，印象中每月也就几斤。这些事与现今的孩子讲起来，似乎天方夜谭，而在当年，确乎是千千万万普通家庭共同经历过的事情。因为这样一段童年经历，即使很多年后，我对玉米面食品都不喜欢。

面对困窘的生活，父亲努力想办法维持一家人的生计。1975年至1976年，政策逐渐宽松，父亲在供销社下面的山坡上开了约半亩地，种土豆、蔓菁。得益于风调雨顺的年景，收获还好。物以稀为贵，经常有小孩到地里偷蔓菁吃。一次，有个小孩到地里偷蔓菁时被父亲抓住了，吓得大哭。父亲束手无策，顺手采了几个蔓菁给那孩子，轻轻地安慰。

为了补贴生活，家里还每年养一口猪，基本能保障全家人一年的油水。那时人吃不饱，猪也营养不良，一般养一年也只能长到一百斤出头。夏天里，猪饲料的主要来源是野菜，母亲常让我们兄妹三人结伴出去掏猪菜。某次，天色将晚，猪菜还没有掏满一箩筐。哥哥想了一个办法，在箩筐的底部用树枝支起来，上面放猪菜，看上去收获真不少。猪菜提回家，母亲居然未发现。兄妹三人暗自偷笑。那时没有冰箱冰柜，无法保存，因此杀猪都是在寒冬腊月进行。杀猪是个隆重的日子。预先请好屠夫，再叫上两三个年富力强的壮汉帮忙。宰杀完煺洗干净后，从猪脖子上割下槽头肉，烩一锅肥腻腻的酸菜，款待帮忙杀猪的师傅和周围邻居。这是内蒙古的习惯，虽然一头猪只杀一百多斤，但用来烩菜的槽头肉普遍都要十好几斤。杀猪菜好吃啊，一年一次的杀猪菜留给童年多少欢喜。

1976年春末，母亲又产一子。生孩子的前一个晚上，母亲与几个邻居一起打扑克，忽然感觉不适。回到家里，当天晚上生下一个男孩。因为自觉无力抚养，这个孩子被遗弃掉了。父亲提了一个箩筐，将小孩遗弃在一个小山崖的下边。父亲走后，我跑到山崖下看这个小孩，小手在微微地动，蜷缩着身体，当时一种莫名的心情，现在回想起这件事，仍感失落。

后来，在我们兄妹三人全都大学毕业参加工作后，母亲曾很心酸地提起这事："如果当时硬着头皮抱起那孩子，日子也就过来了，孩子属龙，生在夏天，正是很旺的时辰，肯定能考上大学。"

## 八

1976年夏天，全家搬到"后头"的行政区。这次搬家主要是为了上学的方便，因为我与姐姐都到学龄了。煤矿在大礼堂后面给分配了一套老旧的土坯房。家中东西甚少，两马车就拉完了。1976年以前，家中最值钱的东西，其一是红油躺柜，其二是缝纫机，其三是一块手表。手表和缝纫机是那个年代的奢侈品，尤其缝纫机是家庭主妇的至爱。

刚刚安顿下来，发生了唐山大地震。街坊邻居谈震色变。哥哥已是懂事的年龄，临睡前居然懂得把一个酒瓶倒栽起来，说一旦地震，瓶子就会倒掉发出声响，可以警醒。有那么几天，家里还曾在屋外露宿。地上铺了羊毛毡子，一点不觉得冷，我只是很奇异。邻居大都也如是。其实鄂尔多斯高原地质结构非常稳定，哪里会发生什么地震。但与鄂尔多斯毗邻的包头市则在地震带上。1996年夏天，某次我和哥哥一起回家，两人正在下围棋，忽然听到巨大的声响，感觉房屋在震动。还是哥哥反应快，大喊一声："地震了！"扔掉棋子就往外跑。我也赶紧跑到屋外。原来是毗邻的包头市发生了6.4级地震。

第三章

启蒙时代

一

　　1976年我虚龄八岁，到了学龄。姐姐长我一岁，按常理应早我一年上学。一则当时还住在前头（墓家沟），上学路途稍有点儿远，二则为了在上学时让姐弟互相有个照应，母亲便让我们同时上学。

　　罕台川煤矿职工子弟学校属编制外学校，隶属于青达门公社学区。每年金秋9月1日，是法定开学日期。这一天，我背上自己蓝色的小书包，里面装着崭新的铅笔盒，非常兴奋地到学校报到。那种兴奋而激动的情状至今历历在目。记得语文开篇第一课是"毛主席万岁"，第二课是"中国共产党万岁"。那个年代这些政治语言早已耳熟能详。新鲜的劲头还没下去，中国发生了大事情，毛主席逝世了。

　　我清楚地记得那个阳光明媚的日子，我和哥哥到煤矿的篮球场买香瓜。三个赶着一辆三套车的外地人不停地吆喝叫卖，我们兄弟二人细细挑拣。就在这时，煤矿的大喇叭传出低沉的哀乐，播音员用低沉的声音反复播出讣告："伟大领袖毛泽东主席永垂不朽。"所有人无一例外受到这突如其来消息的震撼，空气好像瞬间凝固起来。那种沉重的心情压迫着每个人，连我一个八岁的孩子概莫能外。

突如其来的变化使一个偶像时代结束了，"毛主席万岁、万岁、万万岁"的神话被坚强的现实击垮。在那个充满革命热情的年代，在那个高歌"大海航行靠舵手"的年代，就像大海中的轮船突然失去了方向，每一个人都不知道未来的命运去向何方。习惯了毛主席的声音，习惯了毛主席的巨手，习惯了聆听毛主席的教诲，习惯了被神化了的毛主席，一旦失去这些，如何不令千千万万的中国人迷惘？

接下来是规模宏大的国葬仪式。煤矿也在紧张地准备给毛主席开追悼会。在一间会议室里，许多妇女一边流泪，一边为追悼会赶制花圈和白花。我怀着好奇的心情偷看母亲表情肃穆地制作白花。

几天以后，在煤矿的大礼堂，举行了由工人、家属、学生参加的追悼会。也许因为一年级的学生刚刚入学，稚气未脱，尚不允许在大礼堂里瞻仰毛主席的大幅遗像。我守在外边，看着一批批人臂挽黑纱，胸佩白花，轮流走进礼堂。就听里边哭声如潮。人们用这种方式表达自己真实的情感，低沉的哀乐敲击着每一个人的心灵。

追悼会完毕，人们抬着巨大的花圈来到旷野。当熊熊的

第二章

革命年代

大火吞没了花圈之际，人们的心脆若游丝。那是一种无所附依的感觉。

1976年是新中国成立以来的多事之秋，这一年里，周恩来、朱德、毛泽东相继去世，从而结束了新中国第一代领导人的历史。"四人帮"被赶下台，历史翻到了下一页。

## 二

新的历史时期在我面前展开了全新的知识世界。从小到大我对学习知识有着非常浓厚的兴趣，这也许是我能不断超越自我的主要因素吧。刚入学时，只有语文、算术两门功课，由一名叫杨兰英的女老师兼任。她男人是煤矿的中医郝大夫，医术高超。一家人也是"文化大革命"时下放到此的。父亲一贯身体羸弱，郝大夫曾亲手给父亲制作了一服丸药，效用很好。话说"文化大革命"时期，罕台煤矿还真是一个藏龙卧虎之地，除了一些下放的右派外，还有部分老三届高中生。

我的启蒙教育至今铭记至深。我在班里的成绩并不十分突出，处于中上游水平。学习最好的是几个听话的女生，包括姐姐。但我的聪明好像在那时候就很引人注目，很受老师的关注。杨兰英老师曾给过我一次特别的鼓励，让我至今感怀在心。某次，杨老师布置了家庭作业，要求把前一天学过的生字写十遍，而我把每个生字工整地写了一小页，杨便拿了我的作业当众表扬，并在同学中展览，使我深受鼓舞。第一学期结束时，姐姐成为班级中第一批加入红小兵（以后又改为少先队）的学生，我则未能加入，但被评为三好学生。母亲安慰我说，三好学生的荣誉要高于红小兵，因为三好学生全班只有五名。

在我上小学二年级时，杨老师举家迁往东胜。新换的班主任兼语文老师韩老师，不到二十岁年龄，那年刚刚高中毕业。年轻人精力旺盛，脾气暴躁，但对所担任的工作非常负责，从此开始对我们进行"法西斯"式的教育。与韩搭档教数学的是一名叫侯秀兰的女老师。大概因为我比同龄的孩子略显聪明一点，心算能力比较强，侯老师很喜欢我，常把我叫到她的宿舍兼办公室做作业，某次还特地在我做作业时给我沏了杯白糖水喝。我常常怀着感激的心情想起这位侯老师，在小孩子的心里，这种鼓励是多么重要啊。

韩的"法西斯"式教育体现在对学生的体罚中，体罚的形式花样百出，充分发挥了年轻人独特的想象力。他的教鞭，经常因课堂咆哮而折断。最好笑的是学生为了讨好他，看他教鞭打折了，马上给他制作一条新教鞭。他也曾自制过一条漂亮教鞭，用红蓝油漆漆出来，上面刻着"如意金箍棒"几个字，用了不久也折断了。在韩的主要体罚对象中有个姓刘的小孩受害最深。有一次刘在教室里玩水枪，有女同学告状，被韩抓个正着。韩用教室里的大铝壶装了满满一壶冰冷的井水，从刘的脖子里灌进去，全身尽湿。还有一次，刘与其他小孩一起游戏，把凳子腿卸下来，学电影里日本人的样子，不幸又被韩抓到。这一次，韩让刘在课间操时间站在大门墩上，双手举着那个卸下来的凳子腿，头上戴一顶矿工的安全头盔，两边各夹一只白线手套，供大家观瞻。样子极其滑稽，极其狼狈。

上小学时，我天性好动，也是韩登峰造极的体罚艺术中最大的受害者之一。诸如我在上课时稍不留神来一个小动作，韩便让我站在课桌上，他则继续讲课。我也曾获得过站在讲桌上的殊荣，下边的同学一边听课，一边盯着我看，那种被羞辱的感觉至今记忆犹新。当年的我也曾用自己独特的方式进行抵抗。一次，我与另外两名同学被罚站在办公室外面。放学后，其他同学都回家去了，只有我们三人留了下来。我小时候上课时间是从上午九时一直延续到下午三时，六节课。回家吃过晚饭后，再从晚上六点半至九点半回到教室修晚自习。韩对我们说，要罚站到上晚自习时才解放我们。并根据成语画地为牢的故事，在我们每人脚下画了一个圆圈，威胁我们在这段时间不准从圆圈出去。小学二三年级，正是换牙的时候，我便扳掉一颗将要掉落的牙齿，流出血来。韩没有办法，只好让我回家，心中暗暗得意。

侥幸的是一次最恐怖的罚站竟没有我。那一次是因为有六名学生在上午的课间操捣乱，韩便惩罚让他们跑步到后塔。结果这几名学生跑到十里外的神树塔看神树去了。那是一棵几百年的老榆树，要两三个大人才能合抱，当地颇有许多神秘的说法。六人临近中午时才返回来。韩查实后，十分震怒，便在办公室前摆了一溜板凳，让这几名同学站在上边，罚站了数个小时，直到晚自习才结束。

韩对学生最严厉的处罚方式是暂时性的开除，我们管这叫"打发回家"。这时只有家长亲自出面，并须领着孩子当面做出保证，才被允许重新回校上课。我在韩任教的几年中，被打发的次数不下十次，每次都是母亲出面替我说情。母亲自己没有多少文化，同时也认为这是为了教育好孩子，对此没有表示过多少不满。但老这样领着我去赔礼，自己颜面上也很下不去。好在我的学习成绩不错，能聊为弥补母亲的面子。

在对学生进行严厉体罚的同时，韩对教学很认真，甚至到了过分的程度。比如我曾在假期作业中有一个生字没写对，他让我把这个字写五百遍。接着在这五百个字中又发现了一个错字，让我继续把这个字写五百遍。虽然刻薄了一点，但现在回想起来，韩作为我小学时的班主任，一定程度上也是我的幸运。韩对教学所付出的辛苦远非一般老师可比，他不在办公室办公，而是把办公桌搬到教室里，备课及批改作业都在教室。韩陪我们修过每一节自习课及晚自习，任何人微小的动作都逃不过他的火眼金睛。

虽然如此，我们的生活不因韩的严厉而失去欢乐的色彩。韩带领我们在教室外边砌了一个花台，里面种了各种各样的花草。夏天，参差不齐的各种花儿开放，非常好看。学过一篇关于种蓖麻的课文后，又让我们在教室外边的空地上种蓖麻，居然长成绿油油的一片。课间操时间，韩有时心血来潮，不顾上课时间的约束，领着我们来到旷野，呼吸大自然芬芳的气息。某次心血来潮，居然领着我们在山岗上进行测验考试，认为在野外更容易发挥人的智力。当然最热闹最有意思的还是养兔子。

小学三年级的时候，在韩的带领下，课余时间我们养了十多只兔子，非常可爱。完成作业后，韩便利用自习课的时间或周末休息时间领着我们出去打兔草。那么多天真活泼的孩子在野外玩闹，生活中充满了情趣。暑假的时候，家住学校附近的孩子轮流值班看护兔子，也就在这时，我犯了不可饶恕的错误。

看护兔子的任务是每三人一组，每组负责一星期时间。也就在我的任务期内，记得是第三天，发现除四只小兔外，其余的兔子全部失踪了。因为韩的体罚很严厉，所以当时既惊又怕。不管怎样，赶紧把这事故报告了韩。意外的是，韩竟然没有对我们三人惩罚，领着我们到附近的山岗上寻找兔子的踪迹。附近同学得知这个消息，都加入到寻找兔子的行列，最终毫无结果。剩余的四只小兔再也无法提起大家养兔的兴趣。某夜，遭到猫的袭击，四只中的两只被猫吃掉了。另外两只后来下落不明，养兔一事就这样夭折了。

当年对韩的感觉既敬又怕，得空也会伺机报复一下。有一次因课堂起哄，我和同学谢慎东被罚抬水浇地。谢的脑子活络，怂恿我一起到锅炉房昇了满满一桶开水，小心翼翼地侦看韩老师正站在讲台很投入地讲课，偷偷把一桶开水浇到教室外的蓖麻地里。还有一次是下象棋。我从小善下象棋，小学三四年级的时候就和矿上许多公认的成人高手下棋。看到韩和另外一名老师下象棋，我说我也会下。韩就摆开阵势和我下，很快被将死了。又下一盘，还是输。他一副下不了台的样子，脸都红了。不过他很快就"报复"了我，找个事由把我叫到办公室一顿狠批。因为马上期末考试，而期末是学区统一命题统考，临了又严厉地对我说：期末考试成绩必须90分以上（满分100分）！

韩在我上小学五年级时，考试招工到东胜市的纺织公司，当时正值鄂尔多斯的纺织业起步发展时期，有大量的用工需求。韩当了一段时间普通职工后，又重操旧业到学校教书。现在每每回想起来，对韩没有丝毫怨怼之情。我南下深圳后，某年韩来深圳，师生二人大喝一场。席间谈论起陈年旧事，尽欢而散。

## 三

1977年冬天，在姐姐身上发生了一件惊险的事。寒假期间的某一日，我和姐姐相随几个孩子到供销社买扑克，一起顺着结了冰的罕台河在冰上结伴而行。半路上，从后面驶来一辆汽车，我们急忙四散躲闪。冰面上打滑，汽车也慌乱地躲避。在躲闪的过程中姐姐滑倒在地，汽车一驶而过，轮胎从姐姐的小腿上碾轧过去。多么惊险的一幕啊，差之毫厘将性命难保，真是冥冥中有上天相佑啊。汽车驶过后停了下来，司机从驾驶室出来，看到躺在冰上的姐姐，把姐姐抱起放在驾驶室里，问明了住处，把我和姐姐一道送回家。到了离家不远的地方，姐姐挣扎着下车，非常愤怒，不让司机碰自己，也不让司机到家里，自己一瘸一拐往回走。司机跟在后面到了我家。父母得知事情经过，十分惊恐，当天就随司机赶到包头检查。连拍了两次片子，汽车轮胎碾过的印痕清晰可辨，但是没有骨折。如此结果，唯有感谢上苍。四十多天后姐姐恢复如常。事情结束后，司机给了我家八十元的赔偿，算是医药费和营养费。父母不是贪婪之人，看到女儿无恙，一切都释然了。

　　1979年冬，家里终于住上了盼望已久的新房。这是煤矿新建的家属房，五十平方米的样子，砖瓦结构，一进两开，外带一间厨房、一间储藏室，在当时算高档住宅了。房屋的分配以工作年限为依据。父亲1958年参加工作，是煤矿较早的一批工人，因此分得一套。这间老屋现今还在，当年的老邻居，还有一些住在那里。2013年至2015年，我因事从深圳返回鄂尔多斯两年，还曾驱车带母亲回到罕台煤矿，物是人非，老屋依旧。见到几个熟悉的老邻居，到周姓家里吃了现蒸的大包子，边吃边聊，说不完的话题。

同年，胡氏三姨嫁给了长他十岁的郝世升。郝当时在罕台学校当老师。三姨于1977年至1978年在罕台煤矿职工子弟学校读初中，借住在我家，与郝的相识就在此时。郝多才多艺，音乐、绘画、书法、木工都通一点，只是命运多舛，无力改变自己的生存环境。1978年恢复高考，郝参加高考，上了大学分数线。填写表格时，马虎大意把一有"历史问题"的亲戚写到里面，政审未通过。上大学一事就这样流产，真是遗憾终生啊。郝年轻时也对学生进行很严厉的惩罚，用粉笔头打人特准，绰号"郝神"。小学三年级时，曾教过我数学课。有一段时间，他还当过全校的音乐老师。

1980年，府谷的三祖父给自己的人生暮年画上句号。三祖父一生无婚，好享受，晚年受到二爹的细致照顾。村里人讲，这是三祖父前世修来的福分。"文化大革命"后期，二爹当了花石峁村的村支书，带领村民拦河澄地，开辟出大块水地。改革开放后，得益于包产到户的好政策，村里的生活有了很大改观。二爹家的生活也有了起色。当地的乡土文化，人争一口气，因此给三祖父操办的白事很隆重。以侄儿的身份将叔父的白事操办得如此隆重，这在方圆左近没有先例。二爹性格刚强，目的自是给家族扬眉吐气。二爹因此在当地声誉日隆，受到乡里人的交口称赞。阴阳先生也道这是够排场的白事，跟二爹挣了六十块钱，这在当时是一个很大的数目。父亲没能回去，写了一个保家信封子（指用邮单汇钱），给老家寄回去一点钱。

四

在我上学以后，家里面临的最大困难是供应粮不足。当时全家每月总共一百三十斤左右的口粮，因为缺油水，粮食明显不够吃。有一个月，在规定卖供应粮的前一天，家中几乎吃完所有的食物，只好把所剩无几的各类面粉、谷物烩在一起，吃了一个月中的最后一顿饭。有时家中也用"蕉子米"度日，这是一种难以下咽的谷物，父亲体质差，肠胃常年有毛病，吃这种食物难以消化，非常受折磨。

在困窘的生活中，母亲作为家庭主妇，能通过两个渠道给家里增加点收入。早年是在煤场当装卸工。后来煤矿把职工家属组织起来，成立了"五七队"。改革开放后，煤矿利用推土机等机械在罕台河畔拦坝澄地，种一些蔬菜等经济作物，大大改善了职工的生活水平。此外"五七队"也承担矿上一些简易的维修工程。母亲在"五七队"劳动，年底按工分分配，每年能挣到一二百元。

"五七队"开始主要种植甜菜、大白菜、卷心菜、土豆等。1979年，煤矿从包头农场请来一个专家，指导试种西红柿。西红柿的试种大获成功，当年即硕果累累。夏秋之际，果实成熟，每隔几天就采摘一次。每当采摘西红柿的日子，全体家属出动，那种劳动场面，就像赶集一样，充满了欢乐的气氛。在此前物资匮乏的年代，很少能吃到西红柿，偶尔托拉煤的司机从包头捎过来一些，便是很奢侈的享受。从此以后，西红柿进了寻常百姓家，给生活增添了许多活泼的色彩。在很多年里，西红柿的价格都是五分钱一斤，真正的物美价廉。当年，西红柿是当成水果吃的，很少拿来做菜。直到现在，我对生吃西红柿有着强烈的爱好，尤其对熟透了的黄颜色西红柿更是情有独钟，这可以称之为我的西红柿情结吧。母亲深得大家信任，曾经看管过也卖过西红柿，这在"五七队"是一等一的好差使。果实成熟时，母亲不让我们到地头去，瓜田李下，怕别人说闲话。

"五七队"播种最多的农作物是土豆，基本能保障煤矿职工自给自足。秋收时节，在大人忙不过来的时候，经常组织学校的学生义务劳动起土豆。那是很好玩的事情。学生们在劳动的同时，生一堆炭火尽情地烤土豆吃。鄂尔多斯的土豆好吃啊，淀粉含量高，很沙，就上酸咸菜，那是一绝。

1980年，家庭生活迈上一个小台阶，我家结束了吃玉米面的时代。中国的农村改革取得了伟大成就，极大地释放了农村的生产力，粮食产量增长很快。供应粮中，细粮的比重逐渐增大，已经达到40%左右。河套平原一带的农民，在产出粮食卖足公粮后，仍有很多剩余，便运出来卖高价。当时供应粮白面的价格是一毛八分钱一斤，而高价粮白面的价格是四毛二分钱一斤。我记得母亲不顾一切买了一百斤高价白面，从此我家结束了吃玉米面的时代，白面成为生活中的主食。

## 五

1980年夏，哥哥初中毕业参加中考，不爱学习的他毫无悬念地落榜了，这年哥哥十六岁。按照惯例，如果没有其他原因，到十八岁时，单位一般都会给职工子弟安排工作。要不是以后几个月的经历，我想他会一门心思等下去，一直到十八岁参加工作，当一名煤矿工人，终其一生，在一个很低的起点与命运抗争。

当年正值东胜大兴土木，在日本人的帮助下，兴建绒毛厂。鄂尔多斯的山羊绒驰名中外，中央电视台"鄂尔多斯羊绒衫，温暖全世界"的广告词曾享誉一时。罕台煤矿有一个矿办的砖厂，生产出来的砖运往东胜绒毛厂的工地用。哥哥初中毕业后，因闲在家里无事可做，母亲便让他跟车做搬运。有时去到东胜天晚回不了家，简单吃一点东西，或宿在车上，或与一帮工人宿在一间车马大店里。哥哥回忆说，在那个店里，大家首尾相抵，脱了鞋当枕头，满屋汗臭。其间有人表扬他，说这个小伙子很不错。在哥哥的记忆中，这是他人生中第一次被别人表扬认同，感受颇深。就是这样艰苦的工作，哥哥连续干了两个月，从中体会到繁重体力劳动的艰辛，从而促使他痛苦反思，最终做出了一生中最重要的决定。

炎热的夏季过去了，仿佛经历了人间炼狱。秋初阳光高爽，哥哥终于下定决心重新回到学校，开始他脱胎换骨的历程。鉴于以前在学校的种种表现，校方并不想接纳浪子回头。最终是哥哥据理力争："学校是教育人的地方，难道连悔过自新的机会都不给了吗？"老师无言以对，哥哥重返学校才算成功。因为数、理、化毫无根基，据哥哥自己讲，初中毕业时连复杂一点的四则运算及因式分解都怵头，所以就复班到初中二年级，一切重新开始。我有时想，如果当初学校拒绝了哥哥复读的要求，那他以后将走上完全不同的人生轨迹。人生的命运真是无常，于冥冥中起承转合似乎早有安排，在看似不经意间创造出种种前因后果。

从此哥哥以全新的姿态出现。其间，语文老师班主任白彧慧给予他很大帮助，鼓励他奋发上进，努力学习，并选他担任了班长。浪子回头，哥哥表现出了非同寻常的自律和毅力。他自己用铁丝做了一个简易台灯，每晚学习到深夜十一点以后。正所谓：三更灯火五更鸡，正是男儿发奋时。1982年再一次参加中考，哥哥以学区第一名的成绩考入伊克昭盟第一中学，让左邻右舍大为惊诧，也给父母争了光。

从哥哥上高中开始，由于要供养外出上学的孩子，家庭经济更加困难。感谢上天赐给我们一个伟大的母亲，带领全家从重重困难中走了出来，迈向黎明。

哥哥考上高中后，第一学期总共花了九十多元。以父亲每月仅六十余元的工资，又要不时打针吃药，这是天大的一笔开销。过完大年后，因为凑不够新一学期的学费，在没有其他办法的情况下，便杀掉一口仅九十余斤的小猪，把肉全部变卖。我记得每斤的价格是一元零七分，总共卖了约一百元。从此开始了我家卖猪供子弟上学的历史。

1983年，"五七队"解散，分田到户，我家可以全心全意种好分到的一亩多水地。以其物产，不仅养一口大猪，而且解决了全家夏秋两季的蔬菜，以及冬储的土豆。我记得1983年夏季多雨，洪水冲垮了堤坝，冲毁了农田。洪水刚毕，母亲带领姐姐和我一起到地头补种一些生长周期短的品种。洪水过后的土地满是泥泞，母亲带着我们一行行抠开土缝，播撒菜籽，也播种着秋天的希望，从此深深体会到农民稼穑的艰难。感谢上苍有眼，那一年的秋天居然喜获丰收。

在哥哥浪子回头的历程中，我受到深刻的影响，对我以后的求学生涯起到非常积极的作用。而我对古诗词的爱好也是在哥哥影响下，从那时开始的。

哥哥复班以后，经常将古诗词抄在一张小纸条上，于厕余路上背诵。1980年，我升入小学五年级。某夜，放映电影《巴山夜雨》，同学邀他同去看电影。去之前，哥哥出示我两首古诗。一首是孟浩然的《春晓》："春眠不觉晓，处处闻啼鸟。夜来风雨声，花落知多少。"一首是清朝诗人赵翼的《诗论》："李杜诗篇万口传，至今已觉不新鲜。江山代有才人出，各领风骚数百年。"读过几遍，我也同去看电影。看完电影回家后，哥哥要考考我的记忆力，我一字不差地背出两首诗，受到他的夸赞。从此激发了我背诵古诗词的兴趣，上海古籍出版社出版的《唐诗一百首》《唐宋词一百首》被我背得烂熟。到初中毕业时，我能背诵的古诗词有六七百首之多，甚至像王勃的《滕王阁序》这样的长篇文章都背得烂熟，这一财富令我终生受益。

## 六

在我家与命运艰难抗争的那些年里，曾得到一些人的帮助，这样的恩情不敢忘记。

1981年，父亲在精神上遭到沉重打击。煤矿这年普调工资，并以工龄作为基本依据。父亲是1958年参加工作，可在调资的名单里竟没有父亲，理由是父亲因为身体健康的原因，做出的贡献少。但在我的记忆里，父亲一直兢兢业业做好本职工作，从来没做过什么过分的事情。一级工资，每月可增加十多元的收入，在我家已是一笔不小的数目。况且，所有一起参加工作的同事都调了工资，唯独不给父亲调资，那种屈辱的感觉十分强烈。父亲一气之下病倒在家，情况十分严重。母亲见此情形，便去找与父亲同年参加工作的贺银开。贺在矿上担任领导职务，在他的努力下，给父亲长了半级工资。贺是一个厚道人，有同情心，屡屡帮助过我家。他的儿子贺永成，哥哥复班后与之同学，与我是非常要好的朋友。

曾经给过我家很多帮助的还有一名叫杨二占的大夫。杨从伊克昭盟卫生学校毕业后，分配到煤矿的矿办医院工作，与母亲有一些远亲的关系。在煤矿当医生，那是非常体面的工作。加之杨为人热心厚道，在当地的口碑甚好。父亲生病时，有时行走不便，杨便上门悉心为父亲诊治，从未有过一丝推辞。父亲迷信补药，冬天时杨二占亲自上手，用海马、鹿茸、人参、蛤蚧等中药给父亲配制丸药，被父亲当成灵丹妙药。

# 七

1982年初，旧历的大年还没有过，府谷的二爹不辞辛苦来到罕台，希望父亲回老家过年。从1958年起，父亲已是二十四年没有回过故乡，思念故土的心情可想而知。但是一

# 南渡北归人

直苦于经济拮据，只能望乡兴叹。唯有逢年过节给先人烧纸，将思念遥寄回去，真是咫尺天涯啊。这次二爹过来，无论如何让父亲回去。二爹是个有魄力的人，在改革开放的初期适应政策的变化，全家生活逐步好转起来。父亲思虑再三后，领着我和姐姐随二爹踏上返乡的路途。

彼时去府谷的交通极不便利，虽然只有三百多里的路程，一行却费尽周折。我们先到东胜，取道准旗沙圪堵镇回府谷。临近年关，长途汽车票很是紧张，需在东胜过一夜才能等到。我们住在一间小旅馆，我和姐姐各随父亲和二爹睡一张床。第二天一早，我与二爹先到东胜车站看班车的情况。路过一个排档，二爹给我买了一碗热气腾腾的面条。当时的感觉，从来没有吃过那么好吃的面条。

从东胜乘了长途汽车，一路颠簸，历经七八个小时才到了沙圪堵镇，寒冷的天气使我们饱受旅途之苦。到了沙圪堵后，直达府谷的汽车票已买不到，只好转道从陕坝回去。当晚，我们借宿在附近老乡家，躺在暖意融融的火炕上，有一种出门在外的新奇。饭毕，二爹给我讲韩信立马分油的故事，并拿这题来考我：三斤的油瓶七斤的罐，十斤的油葫芦分一半。我稍做思索便给出了答案，二爹直夸我聪明。第二天继续赶路，沿路遇到几处古代烽火台的遗迹，令我印象深刻。前后用了三天时间，在旧历的腊月二十八，父亲带着我们终于回到阔别二十四年的故乡。

我们在下午太阳西斜的时候回到老家。一家人团圆，我第一次见到二妈、美荣姐、建荣哥、建民哥、建飞弟。那时的我少不更事，完全不能体察父亲的激动，甫一到二爹家，看见炕上放着一本《呼延庆打擂》，便不顾一切读了起来。晚上睡觉前，已把一本书读完了。

大年三十上午，我第一次上祖坟。在瑟瑟的寒风中，看着落寞的坟丘，心里略微有点胆怯。近晚的时候，各家举行家宴。饭前我与二哥建民看望了住在下边的毛四老婆。这位老人已孀居多年，日子过得很落魄。听二爹讲，幼年时曾受人之恩，到她家讨过饭吃，因此逢年过节都要让儿子辈前去探看。二爹为人，一身道义，颇有古风，我辈所不能及也。

接下来的日程被二爹安排得满满的。我们先到县城的杨瓦圪堵拜访了老舅爷，住了一晚。老舅爷这时身体已不那么硬朗，完全看不出当年抗美援朝照片中的英武之气。其后拜访了刘家沟的大姑和大姑夫。大姑育有三子一女。几个孩子都很争气，三表哥刘党宽考取了延安大学，在族中算是人中龙凤了。我们在刘家沟盘桓几日。大姑和蔼可亲，父亲回去，情意缱绻，说不尽的话题，道不尽的离情别绪。堂姐夫朱栓有也住在刘家沟，是县水泥厂的工人，好小赌，还曾领着我到赌场看热闹。我就是在刘家沟第一次看到用宝盒子押宝的场面。这样一直热闹到正月十五，迎来府谷县一年中最盛大的节日。

府谷县的元宵灯节十分热闹红火，从正月十四开始，那种热烈的气氛便开始渲染。府谷的人口并不多，贵在大家都有参与意识，民间有谓"红火不过人看人"。到了正月十五这一天，人如潮涌，就见大人小孩都穿了整洁的衣服，看踩高跷，逛灯游会，小商小贩沿街叫卖，风味十足。夜幕降临，节日在不知不觉中推向高潮，踩高跷的队伍一路走来，人群跟着表演的队伍流动。表演的队伍每到一个单位的门前，都会被拦下来，各种礼花漫天飞舞，放炮声响成一片。在这样的气氛中，表演的队伍更是抖擞精神，踏着强劲的鼓点舞动着。在所有的扮相中，我只认识吕洞宾、何仙姑几个，却也在这热烈气氛的感染下看得如醉如痴，一直到深夜一点多。

过完正月十五，早先因生活所困过继给柴氏的三爹从三十里外的柴家堰赶来，希望父亲能到家看一看。父亲身体有病，考虑到三十里山路的困难，竟没有成行。三爹非常伤心，说王家把他当成了外人。三爹为人慎重，过分的话轻易不说出口，颇受乡里人尊重，能从他的口中说出这样的话来，可见当时伤心的程度。

正月十七开始返回，堂兄建荣送我们回家。乘班车到了东胜，徒步往罕台走。刺骨的寒风，四十多里路，甚感艰难。行至半途，一辆卡车空驶而过，一招手那车便停了下来。那是人心素朴的年代，好心的司机让我们搭车返回了罕台。

## 八

1983年的暑假期间，我即将升入初三。因为视力急剧下降，哥哥领我到包头二医院配眼镜。此时父亲重新调配了工作，在新井口站煤场，给我们两兄弟特意找了一辆包头二医院的拉煤顺风车。

一路经过河套平原，向包头驶去。我还是第一次去包头这样的大城市，内心充满好奇。到了包头天色已晚，那司机先给我们找了一间宿舍歇了下来，随后招呼我们在他们的食堂吃饭，每人一大碗葱油面条，非常可口。

第二天一早到二医院配眼镜，验了光，居然有400度近视那么严重。因为要等那个司机的顺车，我们在包头多耽搁了一天，第三天上午还与哥哥忙里偷闲一起登了北面的大青山。塞外的大山，雄浑苍凉。至今记得山上有人刻了"山外有山山连山，千山万岭取景难"的字。攀爬中看到一株很好看的红花，顺手摘了下来。以后看图识谱，才知是山丹丹花。令我感到非常奇怪的是后来乃至参加工作后，曾数度出现过以阴山为背景的梦境，且故事完整，情节清晰。

登山毕，当天薄暮时分，我们仍然搭乘拉煤的顺车回罕台。夜里一两点钟到了煤场，司机自去排队等候装煤。我和哥哥远行归来，我的情绪还在新鲜激动的状态中，迎着凉爽的夜色，天边的一轮明月相伴，沿罕台河徒步回家。

进了家门，眼前的情景令我们大吃一惊，父亲躺在炕上不住地呻吟，万分悲苦。原来就在当天傍晚时分，也就是我与哥哥乘车回家的时间，家中发生了大变故：父亲在踩着凳子收拾炭房（专门储存日常用煤的小仓房）顶上的猪菜时，不慎一脚踩空，摔了下来。父亲后来讲，只听咔嚓一声，知道骨头断了。因为是晚上，煤矿的医院已下班，住在隔壁的叶大夫赶紧过来帮忙。哥哥表现得很镇定，我第一次从这件事感受到哥哥突然间成大人了，给了全家人极大的精神依赖。第二天一大早，哥哥与邻居用担架把父亲抬到煤矿医院，叶大夫给拍了 X 光片，清晰地看出有三根肋骨断裂，一根有裂纹。父亲以羸弱之躯经此大难，好像一柄利剑悬在头上。

危急时刻，很多人伸出援助之手。邻居叶大夫不嫌脏累，不计报酬，悉心救治。有个崔三老汉，拿来家中珍藏的黄鹂骨头，传说有接骨神效。还有很多邻居同事，买了罐头饼干等食品来看望父亲。在大家的关切下，父亲的病情奇迹般地恢复得很快。一个多月的时间，已基本正常活动了。鉴于此次病情元气大伤，煤矿给父亲调了工作，由站煤场调为过磅员。以前这样的工作大都是由女职工担任的。

暑假结束，我升入初中三年级。生活似乎重新步入正常轨道。但是命运总是在你毫无防备的时候将你推到三岔路口，让你艰难地抉择。就在开学不久，政府关于职工离退休有新的规定：此前正式职工在年满六十岁退休后均可由子女顶替工作，此后将废除这一政策。但是作为过渡，本次职工可在一定年龄范围内提前退休，由子女顶替。也就是说这是最后的机会。父亲这年已五十二岁，满足提前退休的条件，再加之身体状况很差，便决定退休。但是在由谁顶替的问题上，却很犯难。在别家涉及这样的问题时，子女们都是争先恐后，视正式职工指标为最大的财富，在我家却并非这样。

哥哥正在读高中，成绩优秀，考取大学是意料中的事；姐姐也是非常好学，况且年龄也只有十五岁；我作为家中老小，学习优秀，年龄只有十四岁。父母很犯难，便叫回了在伊盟一中读书的哥哥，开了一个家庭会议，非常严肃地讨论这件事情。

再三权衡的结果是牺牲了姐姐的学业，由她来顶替这份工作。对于一个十五岁的孩子，有着非常上进的心态，却要承载这样一个事实，确实是非常痛苦的事情。以后这件事情成了姐姐一生的心结，总也无法释怀。人生的某些经历，确实是无法释怀的。曾听姐姐说过，这件事情决定下来后，她一个人跑到后面的老虎山上偷偷流泪哭泣。我听她讲起这件事时，也是黯然神伤。

其时有一个本家叫王青山的，在达旗经委工作。所谓无事不登三宝殿，父亲便求他将姐姐调到达旗。当时达旗有三个比较大一点的工厂，分别是造纸厂、化肥厂、糖厂。姐姐最终去了化肥厂当了一名工人，每月三十元左右的工资。初到化肥厂，姐姐是全厂年龄最小的职工，加之活泼可爱的性格，颇讨人喜欢。姐姐做的是冰机工，人小力气小，连阀门都无法打开，经常要别人来帮忙。

# 九

在我和哥哥的求学生涯中，有幸遇到白彧慧老师。没有白师，或许我们无法从那个环境里走出来。

在哥哥复读时，白老师担任班主任。在其他老师对哥哥不信任甚至还有歧视时，白老师鼓励他积极上进。人生不得意之时，这种鼓励真是太重要了。多年以后，哥哥聊起白老师时，每次都十分感慨地说："白彧慧是一个好老师。"

在哥哥考入伊盟一中后，白老师又回头带初二年级，我因此也有幸成为白老师的学生。

白老师讲课颇有趣味，经常在课间给大家讲一些小笑话，借以活跃课堂氛围。我至今记得他讲的一个笑话：有个乡下人到城里，看到别人吃冰棍儿，很想尝试一下。找了半天不知哪里有卖，最后到了一间商店，看到柜台里的白蜡，于是买了一根，张口便咬。别人赶紧对他说："不能吃，那是蜡。"乡下人道："辣倒不辣，就是有点腻。"每逢这时，同学们都报以会心的笑声，一下子打起精神。

白老师对古文的教学很重视，所有的篇目都要求背诵，并逐字逐句解读。作文则是两周一次，每次都进行认真细致的批改。我的作文也经常作为范文在作文课上点评。当年的学习环境，基本都是自发的状态，家长大都是文盲或半文盲，放任自流。在这种情形下，能形成努力学习的习惯，老师的关心鼓励至关重要。小学的韩老师，初中的白老师，可以说都是我求学路上的贵人。我由此打下了不错的语文基础，尤其对古文有较强的理解和阅读能力，受益终生。

1984年夏天参加中考，这是我人生面临的第一个重要节点。上了重点高中，有进一步考取大学的希望，但也是华山一条路。罕台煤矿那年有内招的技校招工指标，面向职工子弟招生，考取后可分配正式工作。同学们大都报名参加技校考试，父母也颇心动。此时煤矿一位老三届对母亲说：你那孩子是个好才，不要考技校，上了高中考大学。最终父母没有对我提任何建议，一切自便。因为前面有哥哥的榜样，我便下决心考高中。

每年中考都要在不同的学区间轮换，这一年恰逢到高头窑参加考试。此地距罕台七八十里路，在外祖母家的西北头。高头窑学区设有一所高中——达拉特旗第四中学，是梁外地区（达拉特旗有一部分属于河套平原，一部分属于鄂尔多斯高原，习惯上把属于鄂尔多斯高原的部分叫梁外）唯一的一所高中，中考即在这里进行。全班四十多名学生，只有不到三十人参加了中考。煤矿专程用大轿车送我们过去。学生已放暑假，我们就住在学生宿舍里。中考一共需在这里待四天，母亲给了我五元钱作为盘缠。

因为大部分同学留有上技校的后路，彼此间有说有笑，都不甚紧张。我则懵懵懂懂，虽没有同学那么放松，但也不感到紧张。那么大一点的孩子，对事情的后果还不会过多考虑。我用母亲给的五元钱买饼干吃。第一次自己可以支配这么大金额的钱，有些兴奋。罕台煤矿职工子弟学校可以说是一所山寨版的学校，一直游离于国家的教育体系之外，教学质量的差距很大。但我是天生的考试型选手，按部就班完成自己的考试。略有遗憾的是数学题并不难，但我居然将其中一道大题没有做出来。至于英语，因为当地的教学条件，我早已放弃不学，选择题一律选了C。

考试结束后约一个月，通知书还没有下来，内心着急，便和从小一起长大的同学吴德胜相约去达旗树林召镇看分数。这是我第一次独立出远门。一直到初中毕业前，我还没有去过县城树林召镇。在吴德胜大姐的帮助下，我们搭了一辆拉煤的顺路车，一路向北，心情紧张而兴奋。

　　下午四五点钟到了达旗。拉煤车把我们撂在西公路，自顾走了。我们首先要到化肥厂找到姐姐及吴德胜的二姐，有一个落脚地。然而两人都是第一次去树林召，下了车茫然不知所措。慢慢想起姐姐教我找她单位的方法：达旗化肥厂的烟筒是树林召最高的，只要找到最高的烟筒就找到她的单位了。于是我和吴德胜开始了寻找大烟筒之旅。说起来很搞笑，当时达旗有好几家工厂，每家工厂都是大烟筒，化肥厂的烟筒可能略高点，但如何能分辨出来？这让我俩很费神。我们走了很多冤枉路，先后去了糖厂和纸厂打听，都说不是。好心人告诉我俩如何去化肥厂，又开始新的寻找。到了郊区边，远远看到粗大的水塔，以为就是这个大烟筒了，心里一阵高兴，快步过去，周围渺无一人，失望的心情可想而知。好在水塔距化肥厂已不远，三打听两打听，天黑下来的时候终于来到化肥厂，找到了姐姐，那种心情如释重负，喜出望外。

　　第二天姐姐送我去了吕氏的二姨家，班妞儿表姐到教育局帮我查了分数，才知自己考了385分，英语居然中彩一样考了16分。我以罕台学校第一名的成绩考入达拉特旗第一中学。没有步哥哥后尘考入伊盟一中，殊为遗憾。虽然如此，也差强人意了。在伊克昭盟全境所辖的七旗一县，达旗一中长期排名第二，一度与伊盟一中分庭抗礼。同时考取达旗一中的还有贺挨青、吴德胜两名同学。不久录取通知书下来，委实高兴了一阵。邻里周围都夸赞说，是个大学苗子。

第四章

龙门之途

一

1984年秋天，我正式开始了自己外出求学的生涯。罕台煤矿距离旗政府所在的树林召镇有一百多里的路程。彼时在达旗一中就读的职工子弟有七八人，煤矿便在开学时顺道用矿上的大轿车送我们去学校。只记得我一路上很兴奋，与同座的贺永成不停地讲话。永成比我大两岁，自小与我相交甚笃，这学期在达旗一中升高三。永成待人诚实宽厚，听我一路意气风发，笑着应和一下。我有时讲一两句怪话，引得同行的大人讪笑，我竟不以为意，旁若无人。

到了学校报到，学杂费加书费共十四元。自小没有花过十元以上的钱，因此对这笔学费有很昂贵的感觉。这一年达旗一中扩招，新生由以前的四个班扩到八个班，其中两个班是职高，有近四百名新生。很巧的是我与贺挨青一起分到四班，居然还是同班。

接下来分配宿舍，我与贺挨青同分到四栋七室，最靠西边菜地的一间。几年的高中生涯，达旗一中的住宿给我留下了太深刻的记忆：这是一间不到三十平方米的平房，一进门中间是走廊，两边是用木头架起来的通铺，有点像旧时的车马大店。一间宿舍住十六人，通铺每边睡八个人，每人的空间也就六七十厘米，连行李的宽度都没有。夜半时分，翻个身都很困难。屋子正中间生一个小火炉，冬天用来取暖，其实很危险。生活老师叫姬守亮，住在我们一排东边顶头的一个小房间，每逢夜里十点半后，拿一个大手电筒挨个宿舍检查，督促按时休息。学生们很怕他，一听到他的动静，立刻鸦雀无声。厕所在最前排的西把边，夜半时分如厕，尤其是冬天，寒冷彻骨，委实是一件痛苦的事情。因此大家经常在自家宿舍前小便，学校虽屡屡禁止，但屡禁不止。

达旗一中的伙食令我终生难忘。那个年代，人们之间生活的差距其实很小。镇里的孩子，不用住校，每人骑一辆自行车，在我们眼里略微有点优越感。其余大都来自乡下农村。我们每个月向学校缴纳一定数量的主食，一般是白面或糜米，均可。再按每斤配比缴纳一定数量的现金，作为菜金。每个月伙食费合计大概需十二元钱。学校不供应早餐，只有午、晚两餐。达旗一中有一间很大的食堂，硕大的蒸屉和硕大的铁锅横在灶台间。就在两口大铁锅里，煮上千人的菜，名副其实的大锅饭。学校按每间宿舍预订的数量将主食装在一个铝盆里，将菜装在一个铁桶里，由当值的学生取回进行二次分配。经常因分配不均学生之间闹意见。从那个年代过来的人，能真正体会"穷兵饿学生"这句俗谚。十六名学生分这半桶菜，大白菜煮土豆，每人就一勺多一点，清菜汤能照出人影子。主食有时吃馒头，一个约半斤；有时吃米饭，铝制的长方形饭盒装一半的样子。从饭菜中发现苍蝇或其他小虫子是常有的事。你不能因此把饭菜倒掉，因为那样的结果只有自己挨饿。饥饿是多么可怕的一件事啊。一般每逢星期三例行改善一次伙食，在菜中放一些肉、豆腐、粉条之类，当值的学生会早早跑到食堂去打饭，生怕被别人掉了包。

　　家中体谅我艰苦的学习生活，隔时炒一些肉酱捎来，于是可以在吃饭时加一小匙肉酱进去，真是莫大的满足。我知那时家中的生活清汤寡水，父母的拳拳之心铭记在心。达旗一中距化肥厂不远，每逢周末我便会到姐姐那里改善一下生活，那是多么幸福的一件事啊，也是多么让同学羡慕的一件事啊。现在想想姐姐那时每个月三十元左右的工资，除了安排自己的生活，还要不时资助我的生活费，又要顾忌给我周末改善生活，小小一个人，难为了她的这份担当，难为了她对我的这份姐弟深情，难为了她高尚的人格。我对姐姐的感激之情深埋心底，永生难忘。

## 二

高一共开九门课，课时安排得很满。分别是语文、数学、物理、化学、英语、历史、地理、政治、体育。按照英语成绩，一、二、三班属英语快班，四、五、六班属英语慢班，需从A、B、C开始学起。七、八班属职高班，除正常课业外，另外有专门的课程。其中三班是公认的尖子班，师资力量配备相对最好，许多初中时就在达旗一中上学的学生大都集中在这个班。

物理老师乔广德是我们的班主任，老三届的高中毕业生。罕台煤矿有个叫闫文的老三届曾是他的高中同学。据闫文讲，乔老师是他们那一届非常优秀的学生，在班里年龄最小，聪明好学，有时在上午操时，忽然想起某道题的解法，便立刻停下来演算。由于"文化大革命"的耽搁，乔回到家乡达旗德胜台乡当车倌儿。"文化大革命"后学校教育逐步恢复正常，达旗一中招考教师，乔一试而中，从而改变了自身的命运。对乔老师的公道我铭记在心。我因为家中兄弟二人同时上学，自感经济条件差，便递交了助学金的申请。在以农村学生为主体的同学中，乔老师不因我是职工子弟把我排除在外，而是实事求是给了我一学期三元钱的助学金，善莫大焉。

语文老师刘礼洲，是个神仙一样的人物，生性淡泊，满身书卷气。他是达旗一中语文教学组的组长，资历颇老，早年毕业于内蒙古师范大学。但论到讲课，大多数同学并不怎么感兴趣。他讲课的节奏缓慢，给人以昏昏欲睡的感觉。我的语文基础好，很得刘老师喜欢，也很能体悟他讲课的妙味，其实是深具形散神不散之妙。第一学期下来，我的语文单科成绩是102分，列全校第一名。说到用功，高中期间语文是我用功最少的科目，也是我最具自信的科目，每逢大考，匆匆把课文通阅一遍了事。刘老师喜好下象棋，是达旗一中公认的高手。我曾在树荫下看过他下棋，大概比我水平略好一点吧。当时冬天取暖普遍用煤炉，记得一个北风凛冽的冬日下午，刘老师招呼我们到他家帮助卸煤车。事毕我们将走，刘老师挽留道："别走，别走，大家烩锅菜吃。"我上大学时，某次途经达旗，还曾专门去看过刘老师。听同学说，刘老师后来因为拆迁的事怄了一肚子气，一病不起，去世了。

其他几位任课老师，数学老师郭丽媛，个子矮矮的，长相精致，操一口流利的普通话，穿着打扮很爱美，在那个年代不多见。化学老师王桂英，长相说话干脆利落。某次化学考试，我用一个教科书没有列出的方法解出一道难题，王老师大加赞叹，让我内心委实虚荣了一番。地理老师王二亮，高二时分文理班，当了我的班主任。

达旗一中学习风气浓厚，高考上榜人数长期排名全盟第二，仅次于伊盟一中，其他学校望尘莫及。在这所学校里，同学们普遍有着通过学习改变自身命运的强烈愿望，互相之间发力竞争。老师也以带出多少大学生为目标互相竞争，在教学上肯下功夫。我在达旗一中求学时，平均每天的学习时间近十二小时，即使周日的时间也不敢随便浪费，生怕落到同学的后边。关于冬天的记忆是最深刻的：我经常在早晨五时许起床后就直奔教室，冒着严寒点着蜡烛刻苦自修一个小时。从家里带来的蓝色布面的小羊皮袄陪我度过了三年中的寒冷时光，每每回想起来，格外温暖。六点半开始，学校规定晨跑，住校生在体育班长的带领下集合，绕着校园的外墙在大街上跑一圈，大约两三公里的样子。晨练后匆匆洗漱完毕，有时家里给捎来干馒头片，吃一点当早餐，大多时候只好饿着肚子。学校门口的小卖部有月饼卖，每个一毛三分钱，偶尔买一个当早餐便是很奢侈的享受。七点一刻左右开始上学校正式的早自习。这段时间同学大都安排一些记忆的东西，就听背诵的声音不绝于耳。之后是上午四节主课，课间安排十分钟的活动时间，其中第二节课后是上午操。下雪的时候，同学们脸蛋冻得通红，穿着各色衣服，整齐划一地做广播体操，一幅多么美妙的画面。中午十一点半放学，早已是饥肠辘辘。值日生蜂拥到食堂把饭菜领回来，同学们狼吞虎咽般饭毕。只有饥饿的人才知何谓食之甘味啊。我每每在中午饭后继续回到教室学习，记忆中未曾午休过。即使以后上大学，直至工作多年，从未有午休的习惯，皆是高中生活的影响。下午四节课，其中后两节是自习课，学生可以自由安排，亦可用于课余活动。我喜静少动，时间多是用来复习功课。下午五点半放学，一个半小时的晚餐和自由活动时间，我偶尔会散下步，或到学校的操场玩下单双杠等器械。七时左右开始晚自习，直至十时结束。这段时间是我学习的黄金时间。我喜欢大块的能独立支配的时间，晚上用功的效率远高于白日，能够沉静下来达到忘我的境界。晚自习结束后，有时还要秉烛夜读，自修到十一点以后。

高中时我的学习方法属于典型阵地战模式，每逢期中或期末考试时，好多同学总是把课本复习一遍又一遍，我则大多是一遍而过，但抠得很细致，搞不懂的地方决不过关。我觉得这个方法非常适合我。即使以后多年，我仍是遵循这样的学习习惯，遇到不懂的问题绝不放过。第一学期期末大考，我在全校排第十七名，在本班排第二名，有一个姓陈的女同学排到了我前边。

在高中所有的科目中，英语最令我神伤。因为初中时基本没有学过这门课，上了高中须从A、B、C开始。针对我们这样的学生，有一套专门的教材。在整个高中三年中，我在英语方面占用的课外时间差不多达到三分之一，却一直未能窥其堂奥。虽然每次考试都能名列前几，真实的差距其实是很大的。我所能做到的就是把单词全部记住，把语法搞懂，说到听力和语感自是差别十万八千里。三年学习，甚至连一篇简短的文章都无法组织，所有的学习局限于课本，名副其实的"哑巴英语"。我有时怀疑自己于学习语言方面是弱智。2000年后南下深圳，十几年居然没能听懂广东话，不得不承认这方面的差距。

三

世事如棋。历经无数坎坷，勉强安身立命。有闲时，经常回忆起艰苦岁月中的同学情。

　　坐在我前排的同学叫吕刚，很巧的是攀谈起来居然与我有亲戚关系，是属于母亲生父吕氏那一脉的。因为隔得有点远，中间的关系我一直没搞太清楚，只是管他爸叫舅舅，管他妈叫妗妗。吕刚家在镇上住，胖胖的身材，很会写作文。开学后刘礼洲老师让写的第一篇作文是《我考入了重点高中》，给了吕刚高分。我阅读了他的作文，确实叙述完整，起承转合有韵致，要好过我那篇。

　　因为这层亲戚关系，第一学期冬天的某一天，吕刚邀我到家里吃饭。放学后一路用自行车带了我，天气寒冷，积雪在自行车下吱吱地响。进了家门，一股热气扑面而来，原来已准备好了丰盛的饭菜。吕刚还有一个弟弟，一个妹妹。弟弟小我两岁，正在读初中。妹妹尚小，刚读小学。吕刚妈妈是民族小学的老师，想必耳濡目染，小女孩用蒙古语在旁边练习数数，很可爱的样子。吕刚家的房子是一进两开的两间屋，带一个厨房，在当时已是很不错的居住条件了。记忆中吕刚妈妈做了好几个菜。我自小吃内蒙古的烩酸菜长大，鲜有吃炒菜的经历，很是新鲜，因此对这餐饭的记忆特别深刻。高二分文理班后，吕刚也学了文科，我们仍是同班。高中三年，我到他家吃过数次饭，留下了非常美好的回忆。

我现在已回忆不起是什么原因、什么状况下与胡军、张占荣成为好友。在我高中入学后一开始就注意到胡军。当时盛行弹玻璃球的游戏，刚开学就见胡军与邻班的学生一起玩，弹术精湛，甚是羡慕。胡军家境很好，学习成绩中等。想当年，学习成绩是衡量一名学生在班里地位的主要因素。我虽然中考的分数不高，但开学不久即表现出良好的潜质，为各科老师所喜欢。胡军便主动与我交往。张占荣则与我是同一宿舍，性格温和，来自河套中和西乡，就是父亲年轻时奋斗过的地方。促成这种友谊升华大概与某一次胡军请我们到他家玩有关系吧。高一的第二学期，刚开学后不久，也是天寒地冻的情景，胡军约了我、张占荣到他家吃饭玩耍。胡军家独立一个大院，一套两室的大房子，旁边又一间单独的小屋，就是胡军的卧室兼书房。一个小孩自己拥有一间独立的卧室在当时真是不多见。胡军的父母非常热情地招待了我们，饭菜丰盛，席间还饮了一点酒。饭毕，我们在胡军的房间一直闹腾。他有一个小录音机，里边传出张明敏悠扬的歌声《爸爸的草鞋》《垄上行》，胡军伴着唱，淳厚的声音很有磁性。我们借着酒意学跳集体舞，玩得非常尽兴。

　　其后的两三年间，尤其在分文、理班前，我与胡军、张占荣动辄同出同进。胡军擅长体育，我们三人经常在学校的单双杠前练习。我是个体育盲，居然也跟他学会几套简单的动作。胡军与张占荣都学了理科。胡军高三未毕业就到呼市参了军，我上大学后还到部队看过他，他招待我们喝酒，几个战友自己做了担担面。张占荣后来考了包头师专，毕业后教了书。

　　在达旗一中，从罕台煤矿考出来的孩子较少，经常交往的有五六人。其中一个叫文庆的，中考未中，托关系到达旗一中当了旁听生，与我同班。按照学校的惯例，旁听生每年要拿出额外一笔不菲的学费，直至学期末考试成绩全部合格后方可转正，获得正式生的待遇。文庆学习差，每逢大考，就过来与我套近乎，请我帮忙照顾一下。我也尽力帮助。某次英语考试，全部照抄我的答案，考了104分，居然比我高两分，位列班级第一，也不知老师是如何改的试卷。恰逢新换来的英语秦老师，不明就里，以为他学习好，便在课堂上经常向他提问，让他十分尴尬。同学们则一脸坏笑。文庆的运气实在不佳，每次总有一两门功课不能过关，直至高中毕业时也未能转正，不得不说是一件遗憾的事情。

同乡中有一名叫郝军的同学，初中时就与我同班，复读后第二年考入达旗一中，家里经济条件较好。一个寒冷的冬天晚上，郝军拿了十元钱请贺挨青、吴德胜、文庆我们几人到达旗自由市场里的一个小饭馆吃饭，还喝了不少白酒，我酩酊大醉。当时的人民币真禁花呀，一大盘炒肉片不到一元钱，十元钱足足让我们非常丰盛地大撮一顿。多年后一起聚餐，回忆当初情景，郝军笑道：那天下午骑自行车经过校门口，捡到十元钱，非常高兴，就用那十元钱请了大家下馆子吃饭。


四


1985年夏天，哥哥参加高考，六门课加总502分，勇夺伊克昭盟文科状元。第一志愿报考北大，成绩差了6分，退而求其次录取在武汉大学。武大当时的校长是刘道玉，开风气之先，学风很活跃。虽说读武大也很不错，可能哥哥还是略有遗憾吧。

哥哥上大学后，每学期大约花费四百元，我上高中每学期也近一百元，这样一年需开支近一千元。父亲当时每月的退休金六十余元，姐姐每月的工资也不过几十元，全家的年收入加起来也不足一千五百元。这种情况下要维持全家人的生活，其艰难可想而知。感谢当时的教育政策，没有高昂的学费；感谢当时的政策环境，罕台可以把原"五七队"的耕地分配到个人，从而最大限度地发挥了作用；感谢伟大的母亲，一肩挑了全家的重担，无限艰辛地负重前行；感谢猪，使我们在无限困难中看到一条出路，以养猪供子弟上学的方式度过了前后近八年的艰苦时光。

在瓷窑沟一亩多的土地上，我家种了土豆、玉米、甜菜。虽然只是区区一亩地，在母亲的精耕细作下，产量极为丰富。我家每年养一到两口大肥猪，这就是我们学费的来源。地里的甜菜足以供应夏秋两季的猪饲料，秋收后的玉米正好在冬季将猪催肥。而土豆足以供全家一年的食用。在那些年里，一遇猪生病，母亲便分外紧张。某年夏天闹猪瘟，周围人家养的猪多有病死，我家的猪也不好好吃食，情急之下，母亲夜半到猪圈里点一盏灯，叩首神明保佑我家，渡过难关。在前后八年养猪供我们上学的历程中，我家养的猪年年又大又肥，从没出过事。真是上天有眼，猪佑我家啊。到了后来，母亲对圈养的每头猪都有感情，以至于每到杀猪时不忍心，从不去现场。

杀了猪卖肉也是件大难事。一头两百斤重的猪，多数情况下邻里邻居十斤八斤地零买一点，很费工夫。亏得母亲识字，一一记在账上，要账的时间前后要花上几个月。有一个姓陈的窑把头，曾一次买我家半只猪，让母亲十分感动。以后到了广东后，母亲还经常与我两兄弟说道起这件事。普通情况下猪板油是不卖的，但有一年情势所迫猪板油也卖了，老两口清汤寡水过了一夏，其情其景真是可怜。

我自小性格敏感，体谅父母的苦处，暑假期间尽力帮家里干活。地里的活儿，兄弟姐妹三人中我干得最多。达旗一中以农村学生居多，每年秋天都有一星期左右的农忙假。其间我都会丢下繁忙的课业，赶回来与家里一起秋收。父亲体弱多病，在家做饭，我与母亲一道把地里的作物起出来，装满尼龙袋，然后找顺车运回家。罕台有个姓王的司机，嘴特别损。有一次母亲待要把东西装到车上，那人骂声不断。母亲不理他，自顾往车上装，半开玩笑半发狠道："看我以后养个当司机的儿子。"后来我们兄弟姐妹三人都过上有房有车的日子，母亲说道起这事，感慨道："以前的话多应验了，现在可不是两个司机儿子？"

记不得是高一还是高二的暑假，逢大旱，人们昼夜排队浇地。我与母亲在瓷窑沟排队等候，等了整整一个晚上。高原的夜晚是很冷的，我与母亲憩在一个小山坳里，旁边生了炭火，母亲披着一件厚衣服和衣躺在地上休息。我一晚上看着天上的星星从东边升起，逐渐向西移去，心中的念头不知翻过多少。想人生的艰难，想宇宙的伟大，想人类的渺小。好不容易等到第二天浇完了地，一整天下来，疲惫不堪。就是这艰苦生活的点点滴滴磨砺了自己的意志，更加坚定了考大学的志愿，立志用自己的努力改变自己的命运。

# 五

高二上学期末，分文理科。我最终从自己的兴趣出发，选择了文科。当年有"学会数理化，走遍天下也不怕"的说法，许多学习尖子选择了理科。而以后的实践证明，也不尽然。文理分科后，班级重新打乱分配，共设有两个文科班，分别是一班和二班。其中一班是英语快班，我所在的二班是英语慢班。

分班后，我的学习成绩一向比较稳定，但中间也略有过波折，是与极度的神经衰弱有关。事情的起因是这样的：开学不久的一个周末，班主任王老师因准备盖新房，叫几个同学帮助卸砖，我也去了。完事后回到宿舍，人已很疲累。初春里天气仍然非常寒冷，宿舍晚上生火，上边的炉盖突然断裂，掉到炉膛里。此时大部分同学已睡去，幸而尚有醒着的，否则酿成事故。我亦是醒着的其中一个。经此一变，异常恐惧，整晚再没有睡着。此后，同学们仍然用这个炉子生火，只是把断裂的炉盖拼好了事，然而于我却有极大的惊恐，生怕晚上再生出变故，从此夜不敢眠。加之学习任务紧张，以致后来失眠发展到非常严重的地步。我记得每周只有周末偶尔可以睡一个整晚，这对我的学习造成很大的影响。期中考试的时候，在两个文科班中我仅排第三名，这也是我高中分文理科后的最差排名。

当时多傻啊，在长达几个月的时间里，我一方面要刻苦学习，一方面又要忍受失眠的折磨，其中原委羞与外人道，而自己又找不到恰当的解决方式。真是难以想象当时是以怎样的毅力挺过来的。

随着取暖期的结束，"炉子"事件对我的困惑逐步减轻，我的学习步入了良性轨道，期末考试的时候，我在两个班中名列第一。

我将我所遇到的困惑最终讲给了母亲，母亲让我把自家的炉盖带上。当冬天再度来临的时候，我就用了自家带的炉盖，最终消除了恐惧。同学们看我的举动，皆不以为然。但是，在我上大学后的一年，曾与我同宿舍的一名姓李的同学，在复读补习期间，因夜半生火不慎，被炭烟熏死了。

## 六

我现在很难理解当年这个小县城混乱的治安环境。社会上的渣滓成帮结派，横行霸道，动辄刀兵相见。达旗最有名的地痞流氓是吴氏兄弟，叫吴三毛和吴四毛。那年月，听到其名字，令人毛骨悚然。吴四毛当时还是一名学生，经常结伙数十人群殴，板砖横飞，打架致残的事时有发生。我上大学后，听说吴四毛某次在歌厅与另一流氓火并，被一刀捅死了，算为社会除了一害。

在这样的环境下，校园里也不平静。一些不爱学习的差生，与这些社会流氓互相勾结，横行校园，学校也奈何不得。学生之间闹意见，动辄也勾结社会上的地痞流氓寻衅报复。我亲眼见到一个外号叫巴楞的小混混闯入校园，对一名学生拳打脚踢。教导主任在某次全校大会上曾对这种行为颇为义愤，随后就听说他家的玻璃被板砖砸了。

好在学生年代，大家对学习好的同学还是比较尊重的，所以于我也不会沾染上什么是非。有个同学文林，平时很调皮，上了高三后居然浪子回头，主动调座位坐在我旁边，和我一起复习功课。我也乐得有人罩着，安然无事。文林是个聪明的孩子，最终悬崖勒马，高考时考上了内蒙古团校。

## 七

高三时，同学们进入疯狂的冲刺阶段，人生的分水岭在这里要见个真章。一人牵动数人心，细心的母亲知我神经衰弱的状况，每隔一段时间托人捎鱼肝油和 V 磷补脑汁（也不知道管不管用）。哥哥每隔一段时间也有书信过来，对我的学习详加指点。姐姐更是在生活上无微不至地关照我。

在班级与班级的较量中，我们班属英语慢班，整体上学生的成绩落后于另一文科班。但我却是个异类，在分科后的各次大考中屡屡考年级第一，深得班主任及各科老师的宠爱。郭世仪是我的政治老师，他的辩证唯物主义讲得挺好。对于这门功课内在的逻辑性，我感觉有很多地方难以自洽，便偶尔在课堂上与郭老师争论，有时也把老师辩倒。但他从不因此而气恼，仍然非常热心地关心我。英语秦老师，喜欢在课间提问与学生互动。每每遇到难解的问题，其他同学回答不出来，便把目光向我投来，只要我一抬头，秦师便心领神会地提问我，非常默契。在高三最后阶段的模拟考试中，我曾在全部八个班中考出过英语第二名的成绩，对于一个从A、B、C起步的学生来说殊为不易。

7月，进入大考紧张的氛围中，空气似乎也凝固了。大考前担心休息不好，我便住到达旗的吕氏六姨家。六姨夫在达旗信用社当主任，家境很好。六姨单独给我辟出一间屋，让我放心休息，早晨按时叫醒我。饶是如此，在第一天考试的前夜，我整晚未睡，紧张而兴奋的心情根本无法平复。好在第一门是考语文，我非常有把握的科目，按部就班地做完试卷。虽说不是特别发挥，但感觉也没有特别的差错。

真正的难关在考数学时，对我是可怕的梦魇。这一年的数学题与上年相比是偏难的，正好拿住我这种基本功尚可、数学思维不突出的学生的命脉。拿到试卷，先看后边的大题，头脑一片茫然，一点思路都没有。静下心来，从前边的小题慢慢往下做，内心感到很焦虑。就这样一点一点地抠，每一道小题仿佛都要经过艰难的计算，心智耗到极点。到最后，还是有两道大题放了天窗，一门课完全考砸了。等从考场下来，看到同学们都在窃窃议论，李洪文焦灼地大声说——他是班里的数学尖子，居然也没考好。原来大家都感到了考题的难度，不唯我如此。于是稍微放松了一下。在我以后的生涯中，经常做有关高考的梦，而其中又经常梦到数学课没有复习完，或数学题茫无头绪不会做，高考时的焦虑算是深深种到心里了。

数学考毕，以为无论如何考不出什么好结果了，反而放松下来。之后的几门功课，较为顺利地进行下来。

考试完毕后填报志愿，我自己估计六门课总分480分左右。与同学一比较，大家各自的估分都不高。因为数学的关系，填报志愿很保守，在第一批第二志愿报了内蒙古大学。

我内心很沮丧，高考后没做任何停留就回家了。我搭了去往东胜的班车，从耳字壕下车，步行二十多里回到罕台。回到家中，母亲看我落寞的样子，问我考试的情况。我很难过，只说考得不甚理想，但考个普通大学应该没有什么问题。听我这样讲，母亲反倒放下心。在她心里考中就好，只要考中，就不用为未来的工作发愁了。

在半个多月等待高考分数的时间里，我每日神情寂寂，有时帮助家里下地干活，聊以排遣。最早是听一个拉煤司机传言，我的高考成绩下来了，考了全旗第一，文科状元。我心里不信，但事情总要探询个究竟，便只身返回达旗一中。成绩单确实已下来了。

当看到自己高考成绩时那种无以复加的激动，我想一生也不会有几次。我总分考了468分，确实是达旗的文科状元。真正拿分的科目是语文和地理，一门95分，一门92分。分数线已划了出来，本科线440分，重点大学454分，这个成绩足以确保我能读内蒙古大学。同班的李洪文考了440多分，也确保读大学本科。全班只有我们两人上了本科线。我真是一名考试型选手啊，那种每临大考的冷静最终成全了我。不久通知书下来，我被录取到内蒙古大学汉语系汉语言文学专业。那个年代，大学毕业国家包分配，是正经的国家干部。也许从那一刻算起，人生命运才算有了转折，可以谓之鲤鱼跳龙门吧。

第五章

我的大学

一

1987年9月，我踏上内蒙古大学的求学之路。从未出过远门，母亲颇多担心，请表姐夫杜有在送我去呼市。表姐崔彩秀大我十几岁，是母亲生父吕氏那一脉的。先前表姐夫也在罕台煤矿当工人，表姐嫁给了他，与我家颇有源渊。1982年前后，表姐一家迁到树林召镇。一开始靠做一点小本生意，后来买了一辆汽车跑运输，属于改革开放以来第一批富裕起来的小业主。我在达旗一中求学期间，颇多叨扰，从不见外。直至我上大学期间，路上路下，也多自他家中转。

第一次乘火车，还是很新奇的。我们到了包头东站，表姐夫忙着买火车票，托运行李。我则茫茫然站在一边。我们乘的是一列慢车，一百多公里的路程走走停停，前后经过四个多小时才到达呼和浩特。适逢天下小雨。一下火车，就看到广场上内蒙古大学接新生的横幅，热闹非常。接站的学长安排我们新生坐了内蒙古大学的接站车，在蒙蒙细雨中，怀着激动的心情，驶向未知的象牙之塔。

到了内蒙古大学，哥哥高中时的同学郝惊鸣、贾丽珍等

已等在那里。贾漂亮又大方，第一次高考落榜，补习后第二
年考取了内蒙古大学法律系八六级，在大学时对我多有关
照。郝惊鸣也是第一年落榜后第二年考取了内蒙古大学汉语
系，在系里的学生会担任一个职务。他非常娴熟地领我到五
号楼302宿舍，看到先前为我准备的铺位被杨大个儿（身高
一米九，以后是系篮球队成员）占了，就毫不客气地撵他起
来，为我安排了一个靠窗的上铺。安顿了住宿，贾又领我和
表姐夫到位于大学路市场里的一个小饭店吃了饭。表姐夫看
一切都安排妥当，于当日就返回了。临行前又拿出二十元钱
给了我。随后贾领我买了一些日用品，特意关照我买了一个
硕大的饭盆，说打饭的时候，大饭盆看着空，大师傅总会不
自觉地多打一些。每每回想起上大学时期，贾对我姐弟般的
关照，内心充满感激之情。

　　我所在的302宿舍共住着八个人，分别是来自海拉尔的
保东、集宁的杨大个儿、哲盟的阔海、包头的险峰、赤峰的
吉文、兴安盟的宏伟、巴盟的朝阳。我是其中年龄最小的一
个。当年的伊克昭盟是内蒙古比较落后的地区，加之我年龄
小，经历少，家庭经济状况较差，这使我在开学后很长一段
时间表现得自卑与自闭。同宿舍中，有的补习过一届、两
届，表现得就很成熟。我经常成为大家取笑的对象。

　　大学初期这一段，每每回想起来，都会感到难为情。我不敢在人多的场合说话，一说话就脸红发烧。那时兴与同班的女生宿舍建立友好宿舍。此前很少有与异性相处的经历，每次结伴去的时候，都要心跳加快，说话不自在，有时紧张到出一身汗。那时的大学，风靡跳交谊舞，尤以文科班为甚。开学不久，好多同学就都上道了，我则幼稚胆小，在人多的场合尤其羞怯。看着热情洋溢的同学，心中充满渴望。

　　有一个笑话，讲起来令人赧颜。大约开学一个多月后，我去内蒙古团校找高中时的同学文林玩。回来时乘公共汽车，碰到一名高个儿女孩，反复盯着我看，欲言又止，令我非常疑惑。终于她还是开口了，问我：“你是内大的吗？”我答：“是。”“你是哪个系的？”“我是内大汉语八七的。”那女孩笑道：“我也是内大汉语八七的啊，在车上看了你半天了。”开学已这么久了，在公共汽车上遇到同班同学，我居然认不出来，真是很傻很天真啊。

　　在20世纪80年代，读中文系的同学大都怀有浪漫主义情怀的文艺梦。而我们汉语八七级更是人才济济，俊男靓女，济济一堂。每每端详旧照片，看当时的女同学，一个个充满青春活力，多么妩媚漂亮啊。以后人事蹉跎，飘零岭南，读到谢庄《月赋》中的经典名句别有感焉：“美人迈兮音尘阙，隔千里兮共明月；临风叹兮将焉歇？川路长兮不可越。" 我现在还清晰地记得开学不久举办的一次班级文艺晚会，大家把教室装点得非常漂亮，同学们表演了许多令我回味一生的文艺节目。计明明吉他自弹自唱了《梅兰梅兰我爱你》，而娜日莎则表演一段蒙古族舞蹈，塔拉用浑厚而富有磁性的男声唱了一曲《白天鹅》。最为惊艳的则是张金晖用悠扬的女声演唱的一曲《辽河的水》，极具专业水准的表演令我非常震撼。

在大一时期，我因为自己内向的性格，更多地把精力用在学习当中。班主任王芳，刚刚内大研究生毕业，给我们讲授外国文学。第一次上课，就给学生讲："汉语系是内大的床龙卧虎之地。"意即懒散而嗜睡。来自海拉尔的保东觉多，不久即得王老虎之雅号。最有趣的是教现代汉语的老师李作南。李先生是广东人，开课时先幽了一默："天不怕，地不怕，就怕广东人学普通话。"期末考试时，考题是十个汉字注音。另外一个记忆深的老师是班文中，风度翩翩。他讲现代文学，特别推崇余秋雨，甚至把余秋雨的著作《艺术创造工程》当成了教材，讲课很吸引眼球。在我上大学时，学校尚不收学费，而且有奖学金制度。因考试成绩优良，在第一学期末获得了二等奖学金，奖了一百多元钱。

## 二

从大学一年级的下半学期，开始了一段刻骨铭心的单相思。我胆小自卑，因此找不到恰当的追求方式，只是默默地思念，真是应了"为伊消得人憔悴"这句话。

对于我的单相思，伊自然心中明白。她是一个成熟的女性，以当年我的表现，当然不能打动她的内心。她只是默默地审视着这一切，照旧大大方方地交往，似乎于我的焦虑浑然未知。

事态发展到二年级的第一学期，我被这件事深深地困扰着不能自拔。在泥淖中最后的一点灵光告诉我不能这样继续深陷下去，我必须表明心迹，以求一个彻底的了断。在这年元旦前几天的某一日，我终于鼓足勇气找机会直接对她说："我想找你谈一谈。"她略微沉默一下，同意了。于是我约了她晚饭后在大学路商场的一个咖啡屋见面。我记得那晚她穿了一件簇新的绿呢子半大衣，前后脚去了那间咖啡屋。我开诚布公地对她说：找你出来是因为我必须把我的想法表露出来，我不能再沉默下去了，因为事情已根本性地影响到了我现在的生活状态。她还是活泼的态度，一副惊讶的样子，随后很坚决地说："这没可能。"这次约会前后大概也就一刻钟的时间，其结果是我早已预料到的。我终以这样一种方式阻断了自己的焦虑，不再沉湎于无边的痛苦当中。

在这一段时间里，我表现得非常沉沦，用打扑克、下围棋的方式消磨珍贵的光阴。当时聂卫平在中日围棋擂台赛上神话一样的战绩影响了一代围棋爱好者，学习围棋的人渐渐多了起来。高中时，偶尔看到同学下，知道了围棋的简单规则。上大学后，同班的王琰是围棋好手，两人正好捉对厮杀。起先他水平比我好一些，不久就下不过我了。中文系下围棋的人不多，塔拉给我介绍认识了他的高中同学——经济系的巴图，棋下得比我好很多。但下到后来，就不是我的对手了。巴图人长得很胖，塔拉爱看武侠小说，编过一个很经典的故事调侃：武林腥风血雨，武林败类兴风作乱，打败一众高手，"直到遇到万盛钱庄的肥巴爷"。活脱脱的古龙风格。

这一段时间让我最难忘的是与大个儿杨一平的友谊。我也不知道为什么个头差距这么大的两个人能成为好朋友，可能性格互补吧。大个儿是班里的生活委员，朴实厚道，很富同情心。而我自己于不谙世事的外表下更具决绝的勇气。这一性格因素可能是日后导致我从神华出走直至能够成为一名股票交易员的因子之一吧。在我沉沦的那段时间，我和大个儿经常在校园周围散步，偶尔两人会到东门外买卤猪肝和猪心吃，那真是人间至味啊。大个儿家境条件较好，还是我沾光的时候居多。大个儿还带我去过一次集宁老家。他家就住在集宁的老虎山下，这里在解放战争时期曾发生过三次著名的老虎山战役，华北野战军和傅作义的部队往来折冲。而今历史的硝烟散尽，后人空余无限遐思。大个儿的父亲是个知识分子，宅心仁厚，非常和蔼。我们吃了水饺，他父亲还给开了一瓶双沟大曲。

## 三

二年级的时候调整宿舍。起初塔拉、老丹、小牛三个呼市的同学与本系八四级的同学一起住在五号楼317宿舍。第二年八四级的老生毕业后，我与同宿舍的保东、大个儿、宏伟、朝阳一起搬了过去（后来宏伟与朝阳搬了出去，老常住进来），开始了317宿舍集体沉沦的岁月。

南渡
北归
人

317宿舍氛围的形成与塔拉有极大的关系。塔拉是内蒙古师范大学的教师子弟。大学伊始，塔拉穿着很帅气，一条白色的裤子，一件格子衬衫，手里拎着一把吉他，非常潇洒。大城市长大的孩子，当然与我等不同，内心很羡慕。开学不久，系里组织了一台晚会，塔拉登台献艺，富有磁性的嗓音，倾倒一众少男少女。

但是塔拉不务学业，早早就喜欢和一些混社会的人交往厮混。记得在一次写作课上，老师提问："你最喜欢的游戏是什么？"塔拉答："打扑克。"老师道："请就此做一些说明和描述。"答曰："打扑克可以增知识，长智力。"全班哄笑。一年级第一学期还好，到第二学期，塔拉整学期上课的时间不超过十节，期末考试当然被抓个正着。他也不以为意，非常磁性的吉他弹唱，不时在校园的角落响起，爽朗的笑声依然感染着这个班级的氛围。真正的沦落，是从二年级开始的。

沉沦的第一步从打麻将开始。起初，塔拉偶尔借一副麻将回来，自己带一些社会上的人在宿舍偷偷地玩。再后耳濡目染，教会了宿舍其他人，以及住在斜对面314宿舍的大部分同学。不赌无兴致，大家就用麻将赌饭票，一千分两张饭票，八毛钱。一天下来，输赢最多时可到五元钱左右。不要小看这五元钱，当时足可供一周的伙食。突然有一天，不知是谁提议，用每月发的八元钱生活补助集资买一副麻将牌。众人应和。于是314宿舍的董豹（小董，烫了个爆炸头，后取谐音绰号董豹）带齐了集资款，在呼市劝业场买了一副绿底的麻将。有了自己的牌，打麻将就更加频繁了。不久发现了新问题，原来这是副醒牌，所有条子的颜色与其他牌深浅不一。董豹自然遭到一通痛骂。虽然如此，大家还是乐此不疲，打牌的时候认真算计着杠上的条子。塔拉是麻将高手，嫌这副醒牌不好玩，从外面又拿一副牌回来。

二年级下学期，外面乱糟糟的，那段时间学校管得也松，大家玩起来更是无所顾忌。最离谱的时候，宿舍同时开两台麻将。314宿舍的六柱，不仅自己喜欢玩，还喜欢找打麻将的地方睡觉。自己不上场的时候，看别人打牌，一会儿就呼呼睡去了。董豹玩心特大，写得一手漂亮的钢笔字，古典吉他弹得出神入化，人长得也帅气，一脸疙瘩，颇有异性缘。有一次，董豹神秘兮兮地说，晚上睡觉梦到女生××了……然后就醒了。大家都会心地嘲笑他。但董豹对打牌一道却不怎么开窍，老输，还连带给别人点炮，经常被塔拉臭骂一顿，称之为铜头。宏伟的麻将水平挺高，但老是输多赢少。关键在于宏伟的心理素质欠佳，听大牌的时候，抓牌的右手抖个不停。大家发现这个秘密，每看到宏伟手抖，打牌分外小心，不给他点炮。不打麻将的时候，大家也用扑克牌玩三抠一，宏伟经常被打加倍，不知道从什么时候起，大家给他取了个外号叫"双摞"。

## 四

在大学时期，感觉自己一只脚已迈入了成人的世界。因为家庭经济拮据，我从大一暑期开始，每年暑假都做些力所能及的零工，补贴些家用、学费。

大一暑假的时候，墓家沟新建一个化工厂，我便在暑期到工地干活儿，和一个四十多岁的师傅及一个中年妇女分在一组，做钢筋水泥的预制板。师傅指挥干活，那妇女经常偷懒。我虽然身体单薄，但在这一组算主要劳力，每天干活至精疲力竭。我是第一次干这样繁重的体力劳动，感觉很不堪。

大二暑假的时候，邻居老康二管理矿上的砖瓦厂，给找了一份比较清闲的计件工，母亲带着我和哥哥一起去做。为此母亲以后好多年都念叨起老康二的好来。

大三的时候，我还在铁路上干过零活。当年正在修建包神线，每日步行几公里路才能到工地。干活儿的钱迟迟不能结算，那工头对母亲道："放心，短了谁家的钱也不能短了你的。"

每年暑假这点收入，也是很管用的。那时的钱很大，我大学四年的全部花费，不超四千元。

# 五

在我写作的过程中，经常回忆起317宿舍时期的种种糗事，有时忍不住自己笑出来。

环境对人的影响真是无法估量。单纯的小范（小牛，因长相神似相声演员范振钰而得此雅号）开始每天都会打开水回来，宿舍再无其他人主动一下。到后来，小范大概心理很不平衡，某天出去打开水，只打了小半壶刚好够自己用，遭到全宿舍的一致嘲笑。小范很生气地辩解道："你们自己不干，还说别人。"小范是高知家庭，从不爆粗口，看那样子，真是"是可忍，孰不可忍"，大家一笑了之。

塔拉本不善饮酒，酷爱看武侠小说。也许受书中人物的影响，往后一段突然开始酗酒，而且酒量渐长。有一晚，塔拉醉醺醺回来，倒在自己的铺上。大家都不理他。就听他一个人在哼哼，突然道："爷要放屁（痞子味儿的呼市话，男性称自己必称爷，也有亲切的意思）。"就听一声屁响，大家哈哈一笑。再过一会儿，又道："爷要吐。"下铺的小范一下子紧张起来，赶紧说："你稍等，让我准备一下。"然后拿了一块塑料布蒙在自己的被子上边，道："我准备好了，你吐吧。"这个故事在很长一段时间传为笑谈。

老实的大个儿也耍酒疯。搬到317宿舍后大个儿与我是上下铺，某天喝好回来，就用他的大长腿蹬我的上铺。不小心床板掉了下来，连人带床板一起狠狠砸到大个儿身上。见此，同学们先是哈哈大笑，许久不见动静，突然受到惊吓似的全都静了下来。这时才听大个儿慢慢悠悠地说："爷出血了。"大家赶忙把他抬到内蒙古医院，在眼眉骨处缝了三针。多年后，爱捉弄人的老丹终于自己招认，是他预先算到大个儿会这样，故意在床边支了一个笤帚，本意不过是想吓吓他，谁知酿成了事故。

宿舍中，老常是个异类。他是带工资进修的，待人接物有成年人的范儿。有一次我们发了八元钱的生活补助，老常便怂恿出去吃涮羊肉，喝散啤酒。大家群起响应。去了饭馆，先要了两洗脸盆散啤酒，大家拿起大碗狂喝，只有老常表现很淡定。一会儿涮羊肉上来，一众人肚子鼓鼓的反应不过来，就见老常反应迅速，一顿狂吃。据塔拉后来揭发，肉都还是生的就让老常捞到自己碗里了。老常的淡定我算是深为折服。另一次晚上，大家正卧床聊天，宿舍灯突然摇晃，意识到地震了，同学们瞬间作鸟兽散。住在314宿舍的翟班长最财迷，跑路的时候还不忘穿上自己的呢子大衣，背上照相机。只有老常躺在上铺照睡不误。嘴里骂道："怕甚了，该死的话早死了。爷不怕，爷要睡觉。"

317宿舍的卫生很少有人打扫。翟班长从家里带了一瓶糖稀（自家用甜菜煮的糖），拿到317宿舍后不小心掉地上打碎了，这瓶黏糊糊的糖稀在地下躺了半年之久，无人收拾。大家很小心地不去踩到它，直到后来完全变硬了事。系里、校里检查卫生，从来关门了事。同班的女同学，除了王老虎的女朋友，没有任何人光顾过。塔拉常调侃道，自开天辟地以来，我们317这种宿舍从来没有过。

三年级第一学期，317宿舍的同学因两件事情被学校集体处分，无一幸免。其一是打麻将被学校治安处的老师抓个正着。某天吃中午饭的时候，内大治安处老师到本系八八级宿舍找一名学生，错推开了317宿舍门。同学们正玩得尽兴，看有陌生人进来，便赶他出去。那治安处老师讶异又气愤，亮出了身份，立刻把麻将没收了。事情过后，同学们很落寞，商量后又到内大治安处找老师说情，想把麻将要回来，言语不当，把老师彻底激怒了。其二是打架的事。蒙语系的男生宿舍在我们楼上，一天晚上不知什么原因双方起了纠纷，楼上楼下闹将起来。塔拉一发狠领着同学与他们打了起来。两件事合起来，317宿舍被全体处分，314宿舍也有个别同学被处分。

大三第一学期，风传系里要把若干门补考未过的学生淘汰掉，只给发大专毕业证，塔拉首当其冲。虽说不重视学业，但塔拉的内心亦是伤感的。这一年元旦，同学们都集体活动，在教室包饺子。我和王老虎则一起陪塔拉到兰村饭店吃饭喝酒。在当年学生的心目中，兰村饭店有全呼市最地道的美食，兰村的馅儿饼、回烧面、狗肉火锅至今令我回味无穷。我们吃了狗肉火锅，喝得半醉。往回走的时候，在学校南门外迎面遇到三个社会上的小地痞。酒后逞强，互不相让。彼时王老虎情绪也不好，他大一时就和同班的美女小妍谈对象，经常为情所苦，这时很冲动，一脚踹倒了对方的自行车。塔拉随后冲上去打了起来。我自小没打过架，很是惊吓，就只好站在旁边看。那三人受到突然袭击，迅速跑掉了。我们则非常兴奋地又回到班里与同学们一起过元旦。后来塔拉拿这事嘲笑我。我辩解道："如果你们被打倒了，最少留着我可以送你们上医院。"塔拉听到这里，非常豪放地哈哈大笑。王老虎最终还是抱得美人归。大四毕业时，小妍犹犹豫豫到火车站送别，不提防被董豹一把推上了火车，就这样和王老虎去了呼伦贝尔，在当地报社当了一名记者。

塔拉被淘汰掉后，仍然与我们同吃同住在一起。四年级时，五号楼被女生占用，我与大个儿、王老虎搬到二号楼的200宿舍，与两个低年级的学生一起住。塔拉也住进200宿舍，一直陪我们到大学毕业。

# 六

大一时与我同宿舍的阔海同学，虽然上学时交往不多，却非常令我佩服。阔海家境贫寒，身材矮小，靠着做一些零工自己解决学费问题，自强不息，最终完成学业。最难能可贵的是阔海在艰难的生活中不失赤子之心，大学时就有诗作发表。毕业后从体制内淡出，定居海南，一直心系文化产业，求道路上，孜孜不倦。阔海重同学情谊。同学宏伟、海川生病，都是阔海代表全班同学前去看望，不辞辛劳，不吝费用，侠肝义胆。2016年初，同学樊羽明在江苏江阴不幸英年早逝，也是阔海代表全班同学亲赴慰问。我托阔海捎去两副挽联：

　　三十年同学情谊，温良化人，明慧照见，春风泪雨忆同道；
　　四十载炎黄春秋，青城飞度，江南落羽，剑胆文心映苍穹。

　　万里扶摇，此去经年，魂魄曾忆归故里；
　　一江东去，世事轮回，他生还做有缘人。

　　阔海有女王花朵，童蒙初开，绘画天真烂漫，才情毕现。大学老师蓝冰先生的诗集即由其插图。以吾观之，他年或有所成。

# 七

1989年夏，哥哥大学毕业。当时的情况是：按照分配政策，边疆省份的学生哪来哪去进行二次分配。哥哥读大学之时，深受武大自由风气的熏陶，自然不甘心回到内蒙古，于是在珠海联系到一家接收单位。孰料这家单位后来取消了用人计划。中途出此变故，哥哥便只身前往深圳，辗转到了一家日资企业，开始了打工生涯。

姐姐不甘寂寞，也于1989年夏考取了包头职工大学。姐姐初中尚未毕业，在艰苦的工作环境中没有泯灭自己的理想，坚持自学完成了高中的全部课程，最终得偿所愿，所付出的努力何止常人十倍。但新的难题接踵而来，即如何解决经济问题。哥哥大学刚刚毕业，泥菩萨过河自身难保，我则要读大三。以当时家庭状况，如何做到面面俱到，确实是一个难题。父母亦束手无策。关键时候，许多人伸出援助之手。

表姐崔彩秀表示愿意支持。她家做运输多年，以当时的标准，生活状况已很好了。表姐一家表示了将在经济上予以支持的态度，患难之时，难能可贵啊。府谷的二爹尽其所能助了一臂之力，在入学前夕冒雨从府谷带来四百元钱，解了燃眉之急。真是骨肉之情，见于贫穷啊。后来姐姐又给化肥厂的领导写了一封信，道出了自身的处境，终于感动了领导，给予报销了大部分学费，并保障了最基本的工资，从而从根本上解决了上学问题。

在哥哥参加工作后，加之姐姐的学费有了着落，家里的经济压力有所缓解。大年前，哥哥给家里寄回一台29英寸彩电，令家人倍感惊喜。过年的时候，终于可以在自家看春晚了。这一年，虽然哥哥没回家过年，但家里的气氛其乐融融。我记得看完春晚后全家又包了饺子，我则恋恋不舍又看了一些其他节目才去睡。此外哥哥还给父亲寄回一些药，如螺旋霉素等，被父亲当成了宝贝。

姐姐对我血浓于水的恩情永难忘记。在我踏入社会之前，一直倾尽全力庇护着我。大四的时候，某次哥哥给姐姐寄了七十元钱，姐姐去邮局把钱取出，当即换了一个信封就把钱寄给了我。

# 八

从大三开始，我一边将沉沦的生活进行到底，一边终于沉下心来读书，阅读了一些对我一生具有较大影响的著作。如丹纳的《艺术哲学》，朱光潜的《西方美学史》，张岂之的《中国思想史》，房龙的《宽容》，任继愈的《中国哲学史》，罗曼·罗兰的《约翰·克利斯朵夫》，卢梭的《忏悔录》等等。此外也涉猎过存在主义哲学，啃过弗洛伊德的《精神分析引论》《梦的解析》。外国文学我向来觉得很难读，而《约翰·克利斯朵夫》给我的震撼却终生难忘，译者傅雷先生无愧于一代大师。随着视野的拓展，我也从负面情绪中慢慢摆脱出来，开始思考一些人生重要的问题，心胸渐渐开阔起来。

回顾我的大学时期，最遗憾的是没有树立让自己发愤读书自强不息的理想，整个大学生涯浑浑噩噩。所幸大四时作毕业论文，我选了郎宝如先生为论文导师。在郎先生的帮助下，最终拟定了《儒家思想与中国古代文人的人格精神》这一论文题目，收获甚大。

# 南渡北归人

为了把这个大题目的论文做好，我阅读了大量的参考文献，从而奠定了最基本的中国古代文化学基础。先后认真研读了杨伯峻先生的《论语译注》《孟子译注》，精读了《四书集注》，对韩非子、庄子的著作也有大略的了解，并借助了一些学术刊物的研究观点。在完成论文的过程中，知识的闸门似乎突然开启，也深深体会到中国古代文人根深蒂固的民族气质。

在这篇论文中，我首先论述了以"仁"为核心、以"礼"为归宿的儒家思想体系，并与道、佛、法三家的思想内涵进行了简单的对比。接下来讨论了中国古代文人"儒道互补""儒佛互补""儒表法里"的人格形态，探讨了深具传统的浩然之气下凝结的古代儒士内核，以及这些形态存在的社会根源，由此归结出中国古代文人士大夫在大是大非面前，或"舍生取义"或"遁世而行"之不同处世方式的思想根源，并为之举出了王维、苏东坡、文天祥等不同人格形态的例证。

大学四年所学，此论文之功约占其半，大幸耶。

1991年6月14日论文答辩，顺利通过。

6月28日毕业典礼，我的心情惆怅而灰暗。

7月1日晚，同学最后聚餐，餐毕，我回到宿舍号陶大哭，肆意滂沱的泪水将大学时代的所有痛苦、所有哀愁、所有惆怅冲洗得干干净净。

7月2日离校返回东胜，大学时代宣告结束。

多年以后，同学们或从事新闻工作或从政，大都事业有成。有几位已荣升为局级干部。还有一位老倪，毕业后考研，担任了中国传媒大学的教职，写出多部有影响的剧本。为数不多在企业的如万顺，也在体制内，曾做过中石油鄂尔多斯公司的书记，为人笃诚，与我有另一段交集。2016年的时候，同学们开始筹划在2017年秋举行入学三十周年聚会。在呼市的同学频频聚餐讨论，微信群里热烈回响，红包频传。感慨之余，回忆过往岁月，填《念奴娇》词以记之。

### 念奴娇

葱茏敕勒，

恰风云际会，

眼空无限。

桃李湖边春意暖，

曾忆韶华明艳。

袅袅秋风，

# 南渡
# 北归人

朗朗冬雪，

多少情与怨。

青春无悔，

终于冲破心茧。


杨柳再绿东原，

光阴飞度，

赤子冲前岸。

翰墨风流辉日月，

相照丹心肝胆。

漫论斯文，

否臧故国，

不负当年愿。

江山千古，

吾侪心意无间。


2017年金秋，全班同学在呼和浩特隆重举行了入学三十周年聚会，只五人因故未到。同学们盛装出席，各尽所长表演了精彩节目。阔海等同学一起表演了诗歌朗诵。王老虎居然献歌一曲，上大学的时候可一点也没发现他有这方面的天赋。当年一号楼119宿舍的全体女生还专门定制了旗袍，表演了一场兴味盎然的旗袍秀。同学们沉浸在欢乐的气氛中，仿佛回到久远的过去。

第二天上午，一起到内大校园怀旧，借一间教室开了一场别开生面的班会。计明明和包风华二位女生妙语连珠，上学的时候怎么也看不出她俩是最佳段子手。尤其包讲的故事生动有趣，令人捧腹。包毕业后的工作是给大使馆的老外教汉语。包说，一次她讲课的时候在黑板上写错了，于是就擦掉重写。这时有个老外不干了，提问道："老师，为什么我们考试错了不能改，你就能改呢？"非常认真的样子。包一时语塞，马上反应过来道："我错了，是我自己发现的，所以能改。你错了，是我发现的，所以不能改。"老外萌萌哒，半天反应不过来。听到此，同学们一哄而笑，为包的机智点赞。计明明则讲了另外一个故事：作为报社摄影记者，某次拍了个特写照片，只拍了一个人的后脑勺，那人原来是包。大家哄堂大笑。

班会毕，我和杨四、计明明、包、运霞几位同学沿着小路到当年住过的五号楼，缅怀旧日时光，边走边聊。运霞、计明明说起当年她们在女生宿舍打扑克赢饭票的糗事，兀自争论不休。我笑着插话道："咱们可真是亲同学啊。"

第六章

初入社会

一

大学毕业后，我开始为自己毕业分配的事忙碌。原以为中文系是分配的热门，谁承想在过程中处处碰壁。无奈之下，听天由命，阴差阳错去了华能精煤运销分公司。当时大家就业的心理取向，政府机关是首选，其次是事业单位，去到企业实属无奈。

1991年8月15日，我们一行约二十名大中专毕业生在东胜集合，一辆大轿车载我们到包头召潭的公司机关总部报到。看到破损的召潭大院，心情很落寞。第二天，公司安排新生到武当召游玩放松一下。武当召位于包头市东北约七十公里，是三大藏传佛教寺庙之一，建于清康熙年间。汉名广觉寺，是乾隆十四年（1749）乾隆皇帝所赐。武当召规模宏大，占地三百余亩，有殿宇和仓房两千五百余间。我高中时曾到武当召游玩过一次，故地重游，走马观花。

晚上返回，公司为我们举行了热闹的欢迎仪式。总经理千山，魁梧的身材，蒙古族，是伊克昭盟准格尔旗的达尔扈特人，非常健谈。他简要介绍了公司的现状及业务，为我们描绘了一幅非常美好的蓝图。我由此知道华能精煤运销分公司隶属于负责开发神府东胜煤田的华能精煤公司（神华集团前身），负责全公司的运输销售业务。

千总是个超级棋迷。欢迎仪式后，知道我会下围棋，就直接领我到他办公室，叫来另一名英俊青年，介绍道：你们是一批的，他叫王剑，中国矿大毕业，来自江苏，你们下一盘。他拿出了自己的云子，摆好。

猜先，我执黑。下到中盘，本来是我优势的局面，但我的思路中途被千总打乱了，导致局面被动。彼时，他还是一位K级业余棋手，在我和王剑的对弈过程中不停发问，我的思路因此被干扰，一着随手，陷于被动。棋局结束时，不多不少输了半目。三个小时的棋战，使我和千山经理、王剑结下了深深的棋缘，喜怒哀乐，一言难尽。

## 二

两天后，大多数学生被分配到基层单位。我与另外两名学生一起被分配到石圪台集装站——地处陕北蒙南交界处，地理上属陕西省榆林地区神木县。副站长老高从包头接了我们到站上。老式的北京吉普载我们驶过东胜，进入伊金霍洛旗，一路迤逦向南，一幅鸿蒙未开的景象呈现在眼前。世界著名的成吉思汗陵就在此地。传说，当年成吉思汗率领军队西征西夏时，途经鄂尔多斯草原的包尔陶勒盖，目睹这里水草丰美、花鹿出没的美景，十分陶醉，留恋之际失手将马鞭掉在地上。大汗有感而发，吟诗一首："花角金鹿栖息之所，戴胜鸟儿育雏之乡，衰落王朝振兴之地，白发老翁享乐之邦。"并对左右说："我死后可葬此地。"成吉思汗卒后，大家想起了成吉思汗生前的话，于是将成吉思汗安葬在了鄂尔多斯草原上，并留下五百户"达尔扈特"人守护。从那时起，达尔扈特人祖祖辈辈传承着对成吉思汗陵的祭祀和守护，薪火相传，绵延八百余年，是世界文化史上的奇迹。

因为直接到石圪台的公路未通，我们绕道大柳塔镇进入矿区。天色已晚，乌兰木伦河谷两岸灯火通明，矿区的建设轰轰烈烈地开展着。车到石圪台，村边正在修一条柏油路，旁边的石圪台矿也初见规模，星星灯火，并未像听说的那样蛮荒，心情略定一些。

集装站全部职工四十多人，分成机务队、发运组、化验室、办公室几个班组，习惯称为三组一室。我们新分配来的三名学生，加上前一年分配过来的两名学生，站上共有五名大中专毕业生。单位的日常工作就是从煤矿收储煤炭，用装载机装火车发运出去。一里多长的站台，煤炭库存最多的时候达六七万吨之巨，蔚为壮观。

站里的工作生活环境非常恶劣，西北风一吹，漫天弥漫着煤尘。当地的老乡不满地说：连我们家蒸的馒头都是黑的。尤其负责装车的装载机司机，不分昼夜，火车来了就得马上出动，工作异常辛苦。刚到集装站，面对恶劣的环境，一度萌生考研的想法。但第一次发工资，着实吓我一跳，一个半月的工资，居然近五百元。要知道那时大学本科毕业，第一年是见习期，大家都拿八十多元见习工资。想着借此可以大幅改善家里的生活状况，内心安定了许多。

条件虽然艰苦，但是这样一个新开张的单位，以年轻人居多，乐观向上的气氛充溢其间。下班以后，大家一起在院落里看录像，一起在简陋的球场打篮球，一起下象棋、打扑克，有时也在会议室跳舞。那是单纯而有热情的年代。

工余有时会聚在一起饮酒取乐。记得有一次，我和装卸队的老刘、同宿舍的小吕几个人晚上一起喝酒，只找到一小袋花生米下酒，便规定喝一杯只准吃一粒花生米。就这样干呷烧酒，却也喝得兴致盎然，醺醺欲醉。我在办公室工作，近水楼台，以后和食堂管理员混熟了，常常有点小便利。某次，晚上十点过了，管理员老张叫了厨师，偷偷给炖了只鸡，几个人一起凑到我办公室喝酒。杯盘狼藉，半个月后还在茶几下找到一只啃过的鸡腿。小郑工科出身，前一年大学毕业，此时已是机务队队长，附近的老乡时有求他帮忙。盖房用装载机上梁那是一绝，铲头一抬，就把粗大的檩子举起来了。用装载机煺猪也是一绝。猪杀好后，把猪挂在铲头的齿子上，一下子就挑起来了，再行开剥，非常利索。我曾随小郑到老乡家打过一次牙祭，杀猪菜味道绝好。

站长刘勇，大我一轮，从包头矿务局调来，严厉而不失温情，在粗犷的外表下，做事却很细心。站上有职工偷偷到老乡家打麻将赌博，被他知道后，抓住了用手铐铐了一夜。上站的司机及附近的村民经常闹事，堵站台，也只有刘勇能压得住事，一一平息。刘勇经常下矿了解情况，有时也带上我。附近几个大一点的煤矿我基本都随他走过，喝喝酒、吃吃饭常有的事。某次和某煤炭公司的一位领导吃饭，是神木人。但我不明就里，席间讲了一个神木人的笑话："一神木人买回一条鱼，交给老婆。因自小在山里长大，从没见过鱼，老婆不知该如何处理。左看没杀口，右看没杀口，自言自语道，快放到水瓮淹死算了。"大家哄笑之余那人很受刺激，席间和我讲辩起来。刘勇是大酒量，道理讲不明白用酒解决，三下五除二把对方灌倒，趴在桌上不会动了。我们自顾离去。站里的几个班组长都是达旗人，刘勇经常把一句玩笑话挂在嘴边：不怕神木人闹事，就怕达旗人造反。

千山经理每次下站检查工作，最后必到石圪台。他是个超级棋迷，棋瘾特大，经常让我杀得恋恋不舍，不忍离开棋盘。每逢这时，刘勇便寻机叫我到外边，告诉我千经理还有这样那样的公务，这样赢下去他走不了。我便听劝在棋盘上让让，直至他赢上一两局才开心而去。有时我回公司机关办事，得闲便叫我到他办公室下棋。两人之间有种心照不宣的默契。

1992年6月底，公司召开了第一次职工代表大会，我被借到会务组工作。会后一纸调令，调我到经理办公室担任秘书。我清楚记得接到通知那一天是7月2日。在外人看来，千总调我回公司机关是顺理成章。于我自己，在一年的基层工作环境中，还是经历了一些心理波折。

千总是苦出身，"文化大革命"期间，父亲被"挖内人党"致死，举家受尽磨难。千总在乌海市海勃湾矿务局参加工作，从井下工干起，勤奋刻苦，二十五岁就当了副处级干部。他自幼读书好学，"文化大革命"后以小学毕业的基础，先后在北京读了中专，在内蒙古大学读了大专。千总有着一颗赤子之心。他对我回忆自己刚参加工作的情景，省吃俭用省下一袋白面（当时的包装一袋面粉四十五斤），搭顺路车回老家看母亲。下车后，几十里山路背了一袋子白面回去，全家至喜。据他后来讲，早在大学生分配调档案时，读了我的毕业论文《儒家思想与中国古代文人的人格精神》，十分欣赏。在集装站工作的一年中，通过各种接触，对我的知识人品早已属意。选我作秘书，早在意中。

## 三

1991年底，姐姐结束了在包头职工大学两年半的学习，毕业后，仍回原单位达旗化肥厂上班。

1992年初，南下的哥哥结束了自己在深圳的工作回到内蒙古。此时国家对经济改革的方向有所犹豫，并影响到微观的层面。这可能是动摇哥哥在深圳待下去的根本原因。

阴历大年，那是经过几多辛酸、几年离合后家中难得的一个团圆年。我们终于在父母的热盼中先后从学校中走出来。父母多年来含辛茹苦，此时终于可以长舒一口气了。那个年，家中备有猪羊鱼肉，烟酒糖茶，还有整箱的苹果。这是我家过往岁月中最隆重的一次过年。

我还记得那年我写的一副春联：寒窗凝露辞旧岁，春风化雨庆团圆。凉房上贴了一副老对联：年年难过年年过，事事无成事事成。哥哥给猪圈写了四个字：猪佑我也。一种继往开来的欣喜充溢心间。

贴完春联，我和哥哥谨遵父命，到南面的山上给先人烧纸。内蒙古的汉族大都是从各地迁来，鄂尔多斯这一带，以祖籍陕西、山西居多，祭祀先人，各家的传统不尽一样。路上微微积雪，穿过一道渠，穿过旧学校，上了南面的山。洁净的空气，碧蓝的天空，冰冷的天气。我们找了一个背风的处所，点了香，先给路边的二鬼撒了碎纸钱，口里念道："二鬼，寻钱来"，然后开始点纸。分别给爷爷点纸，给娘娘点纸，给大爷爷点纸，给三爷爷点纸。由于祖坟在府谷老家，按照习俗将纸钱包在一个麻纸包里，写了姓名称谓，遥寄回去。我们在地上画一个圈，箭头指向府谷老家的方向，在圈中烧纸。边烧边呼：爷爷寻钱来，娘娘寻钱来，大爷爷寻钱来，三爷爷寻钱来。烧纸完毕，忽然有神交祖先的感觉，豁然轻松。于是在瑟瑟的风中，走下高岗，慢慢沉思。

按照府谷老家的传统，中午吃接年捞饭。这一年的猪终于不用卖了，炖了满满一锅猪骨头，大快朵颐。内蒙古的汉族，终也养成许多蒙古族的习惯，只要有条件，吃肉的时候总是喜欢大铁锅炖上满满一锅，就点咸菜下饭。

放炮声此起彼伏，间或听到放雷管的声音，这也是煤矿孩子的一大特色。近晚的时候，家家院里拢一堆炭火，一排房总有几家人在院里点一盏大灯。我家已有多年不点大灯了，这一年也点上一盏。夜幕降临，各家的酒席开始。我们举家围坐一起，吃着这早已开始准备的丰盛宴席。回忆过去，多少人世沧桑的感觉；想想未来，又是多少欣欣向荣的气象。那是一个大家庭蓬勃向上的元年啊。晚宴后全家围坐看春晚，这是平民百姓家过年最温馨的时刻。赵忠祥、倪萍、杨澜的主持温情脉脉，落落大方。赵丽蓉、巩汉林表演的小品《妈妈的今天》诙谐幽默，成为春晚永恒的回忆。还有陈佩斯与朱时茂的小品《姐夫与小舅子》，也留下深刻印象。子夜时分，春节晚会结束后，全家人还包了饺子。

节后的几天，走亲访友，和少年时的同学欢宴醉酒，第一次真正感受到了生活的步子轻松而愉快。

# 四

哥哥大学毕业时的档案托关系放在了达旗经委。因为当初哥哥放弃了毕业分配的机会，再找一份合适的工作有些困难。虽然如此，还是觅得重新分配的机会，到了达旗房地产公司。但是种种境遇，并不如意。

记得那年四五月的时候，我去探望哥哥。他当时在达旗树林召郊外的白贵租了一个单房住。兄弟姊妹三人在那样的环境下有了一次非常甜蜜的聚会。

春风骀荡的时节，白贵的田园风光很美很美。没有边际的河套平原，向北望过去是隐隐的阴山山脉，狗在院子里闲遛，一条林荫路通向田野。春耕在即，柳树抽青，春光明媚，生活的节奏显得那么悠闲。忘记了那一餐饭吃的是什么，只记得在做饭、吃饭中间，哥哥从深圳带回来的录音机里放着童安格的歌曲《把根留住》《耶利亚女郎》《让生命等候》等，那么悠长，那么惆怅，直唱到人的心坎里。

人生的巧合无处不在。在白贵的小路上散步，偶然遇到了高中时的同学乔建军。乔的父亲以前在达旗人大工作，在乔建军高中毕业前夕去世了。高中毕业后，乔顶替了父亲的工作入职，并获得在内蒙古党校的进修机会。其间我们经常在一起。他年龄较大，对我颇多关照。两人惊诧的同时，一起握住了手。乔向我说起从党校毕业后，安排到达旗人大工作。他对我说，自己为失眠所折磨，对人生失去了兴趣。我知他是为情所伤，一直恢复不过来。在内蒙古党校读书时，他单相思我们学校一位女生，但一直不敢吐露心声——那时的少男少女普遍是很害羞的。他说正要去一个亲戚家，途经这里。我们便泛泛地交谈了几句，挥手道别。谁知这一别竟成永诀。不久传出乔自杀的消息，他步行几十里到黄河边，跳河了。

## 五

1992年小平发表南方谈话，再次确立了中国改革开放的大局和方向，必将是永载史册的史诗般的篇章。以耄耋之年拥有如此敏锐开阔的视野，不愧为一代伟人。所谓历史，皆是英雄的历史，并以一己之力改变着历史的进程。常人的命运就历史进步而言，我以为并没有太大的意义。

# 南渡
# 北归人

　　小平同志的南方谈话再次触动了哥哥的神经。我调回机关不久，他来东胜看望同学，在我办公室给深圳的朋友、同学打电话，动了再次南下的心思。

　　千总那时富有朝气，有着强烈的事业心，面对改革的风潮，很想了解南边的情况。当初我毕业分配时的个人履历上，写了哥哥在深圳工作一栏，居然被他记住。一起下棋的时候，他向我了解情况，并从我这里大致知道了哥哥的一些经历。大概十月份的时候，某次在下棋中间，又提起这个话题，想见哥哥一面。似乎在冥冥中开了一扇窗，我很快电话通知哥哥，隔天哥哥便来到东胜。我去约了千总的时间，中午吃过饭到他办公室面谈。一番深谈，他最后问哥哥愿不愿意到运销公司工作。哥哥出乎意料，欣然同意，第二天就办了调动手续。人啊，是多么需要敬畏命运，短暂的晤面改变了人生的方向，命中的贵人何时出现，冥冥中早有安排。

　　哥哥终于可以脱离樊篱，翻开人生新的一页，举家为之高兴。刚开始，他被分配到公司所属的多种经营公司工作。千总一直冀望在主业之外，开拓一片市场化的新天地。以后两兄弟经常一起回家看望父母，带回一些吃、用的东西。我在办公室工作，和车队混得很熟，有时也叫辆车，带几个同事到家里，吃母亲做的猪骨头烩酸菜。罕台的邻里乡亲颇为羡慕。有句俗语：前三十年看父敬子，后三十年看子敬父，此之谓也。

# 六

姐姐二十四岁大专毕业，那个年代年龄已不算小了，到了谈婚论嫁的时候。适逢达旗建大电厂，分配来很多大、中专毕业生。经人介绍认识了姐夫任有亮。

姐夫是内蒙古乌兰察布盟人，家境贫寒，朴实木讷。曾听姐姐讲，姐夫小的时候，一双鞋穿烂了，用铁丝穿绑起来继续穿。隆冬腊月，衣不遮寒，在凛冽的朔风中走路上学，其状况比我家还不如。十载寒窗，考取了内蒙古电力学校。毕业后，统一分配到达旗电厂工作，捧了电力行业这个在当时看来的金饭碗。真是吉人天相，从此素昧平生之人，与姐姐结了缘分。

1993年姐姐与姐夫任有亮订婚。姐夫带了四百元钱来我家，母亲用其中一百多元买了一只羊，全家吃了一餐饭，其余的还给了姐夫。母亲颇识人情冷暖、人生疾苦，认为只要孩子好，其他就都好了。中间一个细节也颇让母亲起怜惜之意：姐夫喜欢用馒头蘸了炖肉或菜里的汤汁吃。母亲说，那是肚里缺油水。

电厂的福利很好，领了结婚证不久就分到一套七十多平方米的住房。由于双方的家中都不能提供更多的帮助，两人倾尽全力简单安置了自己的小家。那年冬天，达旗电厂为很多年轻人一起举办了隆重的集体婚礼。府谷的二爹特地赶了过来，我和二爹代表全家参加了姐姐的婚礼。二爹身上那种老辈人的慈爱、自尊与威严一直是我最为敬重的，颇有古人风范。其后不久又补办了一个传统婚礼，将亲朋故旧一应请到。

## 七

记忆中每逢春节万物萌动，父亲都要大病一场。先前给父亲看病的大夫杨二占，搬家到东胜。其后一名姓李的年轻大夫给父亲看病。小地方的医生，随叫随到，输液就在家里。

1993年初的那次大病非常严重。以前父亲经常用的抗生素是氨苄青霉素，已经不能抵御病魔，要用到先锋霉素才能控制病情。我和哥哥上班，不能回家照顾父亲，全凭母亲一人勉力周旋。等病情稍稍稳定，府谷的二爹闻讯赶来，对我和哥哥作了交代，认为父亲寿数有限了。那年夏天，父亲力主给自己做一口棺材，以防不测。于是买了松木，请了木匠。棺材做好后，棺盖几次才合好。木匠便讲，这老汉还有好长寿数哩。

父亲以残弱之躯对生命有着深深的留恋。家境渐好以后，就听父亲念叨，生了一辈子病，从未住过院，似有遗憾。1994年，等父亲再病的时候，我和哥哥接了父亲到东胜盟医院住院。父亲是煤矽肺、肺心病、慢性支气管炎的综合征，住院后主要还是用抗生素治疗。父亲住在一个十人的大病房，休息环境差，不似在家中看病舒适。姐姐也从达旗赶过来，在病床前尽孝道。十天左右的时间，出院回家，父亲的心愿得到满足。

那段时间家境平和，日子一天天好起来。母亲个性开朗，除了对伺候父亲生病有点儿怨言外，平日都是欢欣笑语。母亲平时爱和邻居们凑到一起玩纸牌，两三块钱的输赢，输了钱晚上就睡不着觉。虽然如此，但还是乐此不疲。有个崔三老汉，七十开外年纪，身体强健，喜欢开玩笑，和母亲脾气相投，最喜来我家串门玩耍。和父母一起说起陈年往事，唾沫横飞，兴味盎然。这个阶段最让母亲牵挂的是哥哥的婚姻大事，三十岁的人了，迟迟没有动静。母亲为此找了一个神婆，传话让哥哥回家，商量一下婚事。

# 八

围棋可以说是我一生的爱好。刚刚参加工作的时候，以为东胜这样一个偏僻的地方，很难找到人下棋。说到棋逢对手，只与王剑经常切磋。公司还有几个人下围棋，水平就差了一大截。

1992年深秋的某一天，我与王剑骑自行车上街，偶然在东胜纺织子弟学校的门口看到聚了很多人下围棋，好生奇怪。于是凑过去，见一个中年人刚刚下完一局。看来是他胜了，正指点江山复盘讲棋。我很不以为意，就怂恿王剑下一盘。因为我觉得以王剑的实力，在这样一个小地方还是不容易碰到对手的。

见两个陌生人过来，那中年人沉吟一下与王剑展开棋局。几个定式下来，哪知对手一点不弱，局势在均衡中发展。随着棋局的进展，我感觉对手的棋风老辣，强手连发，直至吃掉王剑一条小龙，形势有点儿对王剑不利。王剑所倚托的是在下边形成了连片的外势，如果能围到六十目以上，或可抗衡，但谈何容易。我觉得王剑的棋要输掉了。于是王剑不顾棋型的薄弱，最大限度地围中空。其实对方只要简单压缩渗透，再借机自己长出一些目来，形势将会更为有利。但是看到王剑的招数，显然被激怒了，就深深地打入。棋局发展成一战定生死的局面：吃了这块棋，将是王剑的胜局；否则，王剑将大败。这时也毋论观棋不语真君子了，我小声与王剑交换意见，计算杀棋的变化，合两人之力，居然华山一条道鲸吞了对方的大龙。

事后知道那人叫师文涛，其时是东胜七中的副校长。以后说起那盘棋，他早知道自己大优了，看两个素不相识的年轻人很气盛的样子，想教训一下，哪知适得其反。师老师有才华，围棋、象棋都下得好，象棋比围棋下得还好，曾当过地区的冠军。只因迷上了围棋，就改弦易辙，基本不下象棋了。在学校能教数、理、化各科，擅体育，年轻时打得一手好篮球，爱饮酒，厨艺也不错。我和他成了好朋友后，某次去他家下棋，因为没吃饭，他就冲进厨房匆匆做了两个菜。其中炒了个葱爆羊肉，味道不错。

以后我和王剑经常到那棋摊下棋。棋摊的主人姓徐，绰

# 南渡北归人

号徐蚂蚁，北京人，老知青，酷爱下围棋。徐老早些年在伊克昭盟纺织公司工作，后来单位效益差，下岗在家，于是在临街的这个地方摆一个冷饮摊，也卖香烟和一些小食，放一部公用电话，维持生计。他自制了棋桌、小板凳，放几副棋子，供棋友消遣。一帮棋友乐得有地方玩，尤其周末，从早晨到深夜十一二点，密密麻麻聚一群人，也是东胜一景。大家体谅徐老的难处，经常在那里做一点消费，小生意还过得去。徐老的棋就像程咬金的三板斧，不讲定式，实战能力极强，局部手段颇多，不熟的人常被他搞得云里雾里，经常有斩杀上手的战例。我对徐老的战绩胜多负少，多少有点儿克制他的意思。徐老年轻时在杭锦旗下过乡，对那地方颇有感情。2013年后，只身到杭锦旗普及围棋，在一家幼儿园开设了围棋课。2017年鄂尔多斯举办中国首届围棋大会的时候，已年过七旬的徐老单人骑自行车，从鄂尔多斯出发到南京，为大会做宣传。2019年山东日照围棋大会，徐老又从鄂尔多斯骑单车前往助威，受到围棋协会主席林建超的接见。徐老对围棋的那份执着与热爱令人钦佩，当然我更钦佩的是徐老的好身体和那股疯劲儿。

哥哥到东胜后，与他几个伊盟一中时的同学经常一起玩儿，主要有谢霁、刘瑞江、牛旭元等几人。他们几个都下围棋，后来也都成为我的好朋友。其中谢雳最有趣，不唯棋力强，而且博闻强记，酷爱读书。我这一生中见过读书万卷之人，除了以后认识的著名作家、出版家梁由之，就只有谢雳了。朋友笑骂谢雳是千年夜壶，谑之曰：如果不知道慈禧太后的夜壶是拿什么做的，问谢雳。谢雳不事收藏，某次到喜欢收藏和鉴定的棋友语新家里，看到架上摆着一件瓷器，谢雳仔细端详，居然只凭所学便断出这件瓷器的年代窑口，即便心高气傲的语新也大为折服。谢雳的棋俊逸飘洒，大局观好，当年在东胜也是前十名的水平。但他有个缺点，不善打恶战，赢起来得心应手，一旦棋局僵持，往往是他输。1997年后，哥哥到广州工作，我与谢雳、牛旭元经常在一起饮酒下棋。棋坛逸事、历史典故和武侠小说是我和谢雳都喜欢的话题，经常酒桌上侃侃而谈，一较长短，有时到深夜一两点。对于武侠小说中的精彩桥段，谢雳几乎可以整段整段背诵，令我自愧弗如。我与他都十分喜欢金庸的《鹿鼎记》，谈论起个中故事，借古讽今，兴致颇高。

慢慢与东胜围棋圈里的人熟了，建欣和老包也成了我的好友。建欣在工行工作，已记不得初次认识他的场面。他是个热心人，有时下棋到中午，叫我一起到他家吃饭。偶尔也叫几个棋友一起去他家下棋，厮杀半天，管酒管饭，不亦乐乎。他的棋在东胜也算一把好手，酷爱实地，地沟流棋风。建欣做事不喜张扬，是内蒙古第一位职业围棋选手张家尧的启蒙老师，为此呕心沥血。建欣后来转入证券行业，2000年的时候在乌海的证券营业部当老总，与我有另一段缘分。

老包是蒙古族，长相颇似棋圣聂卫平。下起棋来气势很盛，快刀斩乱麻，经常走出强手，水平不如他的，往往被杀得片甲不留。蒙古族包姓源于孛儿只斤氏，黄金家族后裔，是成吉思汗的嫡系子孙。老包年龄长我几岁，毕业于内蒙古财经大学，那时已是伊克昭盟伊金霍洛旗保险公司经理，开一辆红色桑塔纳，少年得志，春风得意。

我与老包一见如故。他来东胜办事，经常找我下棋。记得有一次与师老师、建欣几个跑到我办公室下棋，下了一晚。老包与我水平相当，两人棋逢对手，嘴上也互不相让，棋上嘴上一起斗气，小胜的局面还不过瘾，非要大规模作战而后快，经常把棋下崩了。1994年春节，东胜文化馆举办迎春围棋赛，我获得第四，那是我在东胜比赛的最好成绩。老包在比赛中与我狭路相逢，官子阶段输给我，名次掉到第八名，很不服气，多次向我念叨起那盘棋来。老包对围棋的热爱几近疯魔，是鄂尔多斯首届围棋协会主席，后来鄂尔多斯围棋有长足发展，老包功不可没。当然鄂尔多斯围棋真正名扬天下，还是在其后围棋协会主席华锐锋手上。华也是资深棋迷，以伊金霍洛旗旗长的身份担任鄂尔多斯围棋协会主席，于2017年推动组织了首届中国围棋大会，近三千人参赛。大会内容丰富，比赛形式多样，创国内综合性围棋赛事项目之最，可谓盛况空前。

再后来语新、瑜子也成为我的挚友。语新是个老古董，喜收藏，酷爱古诗词，擅长书法，围棋长期占据东胜一哥的位置。瑜子也是书法达人，起初棋力较差，后来突飞猛进，成为鄂尔多斯一流高手。2013至2015年我因故从深圳返回东胜的那两年，与二人朝夕相处，棋酒诗书，不亦乐乎。语新现已是鄂尔多斯市书法协会副主席，颇为自傲，墨宝很值些银两。每逢语新酒酣耳热兴致大发之际，颇喜我在旁边评论提词，谓我有子猷之风。他则挥毫泼墨，龙飞凤舞。他的作品我只挑自己满意的留下，也有上百尺。成系列的有李白凤凰台、杜甫岳阳楼、崔颢黄鹤楼、王勃滕王阁四大名楼系列，还有四时风景系列，苏轼回文诗，等等。瑜子学王羲之《兰亭序》，临了不下千遍，小楷是一绝。曾为我抄录了《金刚经》，并写了《春江花月夜》的扇面，是我的至爱。语新身体欠佳，老婆管束颇严。某次我与语新、瑜子在东胜现代城下棋写字喝酒，至晚不归。老婆怒冲冲从康巴什驱车呼啸而来。语新亦负气，索性让我陪坐，二人镇定自若在茶几边用小茶盅饮酒，以待河东。不欢而散后，语新彻夜难眠，清晨起来瑜子相陪到旁边的小公园散步，看零星开着的菊科小花，若有所悟，顿觉欣喜。事后我写打油诗谑之：

墨饱词新兴正浓，

堂前坐饮待河东。

红尘总是催人老，

宿债难偿醉晓风。

## 九

刘江是我在运销公司工作时最好的朋友。2016年冬至，听闻刘江在北京的家中跳楼自杀，不胜唏嘘。记忆的闸门慢慢打开，回忆起过往的点点滴滴。

我从基层刚调回机关时，宿舍在华能精煤公司东胜物资库大院，距离公司三四公里的样子。十余人住三间宿舍，每间宿舍标配四人，大都是九〇、九一届大中专毕业生。大家仍然保留了学生时代的习惯，吵吵闹闹，喝酒打牌，很是穷开心。其后不久因为工作的需要，在公司旁边的小招待所给我和刘江分配了一间宿舍。刘江是九〇届毕业生，凭着自己的勤奋刻苦，一年多的时间，已经是财务科管结算的副科长。他平时注重数据的积累，对运销环节所有的收费结算项目了如指掌。因此北京总部有领导来听取汇报，或者有客户过来了解情况，都有刘江在场。在运销公司前后几届毕业生中，刘江的威望最高，不仅因为工作，做人也是一流。大家亲切地送他一个绰号：红哥（是因为一次客户误把其名字刘江看成刘红）。

刘江是外冷内热的性格，话语少，做人做事都很有担当。因为住在一起，下班后经常一起出去玩。公司有两辆绿色的自行车赛车，我俩常常相跟着骑车出去，自我感觉很拉风。20世纪90年代，街头卡拉OK和台球盛行，刘江很喜欢玩这些，尤其喜欢唱卡拉OK，最喜欢唱周华健和刘德华的歌。他对十这个数字似乎情有独钟。每次唱卡拉OK，问他几首，答曰：十首。打台球问几盘，答曰：十盘。当时的价格，我记得卡拉OK一块钱一首，台球一块钱三盘。我听他唱得最多的是周华健的《花心》和邰正宵的《九百九十九朵玫瑰》等。

运销公司年轻人多，聚在一起喝酒是常有的事。记得一次喝得很疯，我和刘江还有另外四人，在不到两小时喝了五十四瓶啤酒。有时晚上出去吃烤羊肉串，喝啤酒，摊主问吃几串，每次刘江都是面无表情地回答：一百。刘江酒风好，酒后不失态，对此我深感佩服。不像我，一年中总有几次喝得酩酊大醉，不知所云，甚至因此去过医院。

他家住在伊金霍洛旗，距离矿区大柳塔镇很近，曾带我去过一次。他父亲也很善饮，看来有遗传因素。他们家是那种农村的平房，一堵墙边堆着的全是空酒瓶。

可能是干财务工作养成的习惯，刘江做事很细心。有一次我和他到银行取一万块钱出差用。因为是新钞，他习惯性看看第一张和最后一张的编号，发现少一个号。一清点，钱并不少。于是一张张翻看，居然发现两张同号的百元大钞。刘江如获至宝，和我到人行找了工作人员专门验了一下，说是真钞，并说这个错版的要收回。我们赶紧溜了。刘江对我说，这个以后会很值钱的，并说算命的给他算过，他这辈子猛运在身。我将信将疑。

1993年夏天，我和刘江在物资库大院外边闲耍，碰到两个漂亮女孩儿摆台球案。一问原来也是精煤系统职工，很快就熟悉了。当时交谊舞盛行，我们有时就一起约上到本系统东煤公司的职工俱乐部跳舞。不久，我到临河办点事，并见到了大学同学阿仲。毕业两年，阿仲出落成气质美女，让我很惊艳。出去才几天工夫，回来后就发现刘江和其中一个女孩儿好上了，每天如胶似漆地约会。这是刘江的初恋，全情投入。一年后领了证。

刘江官运亨通，三十多岁就调到了北京，做到央企的副局级干部。2000年我南下深圳后，去北京出差或回到东胜，两人只要遇上就会喝场大酒。2007年在东胜偶遇，当天晚上我有事必须赶到北京，于是刘江中午招呼一帮朋友为我饯行，包括以前的老领导刘勇，矿区也有朋友过来。本来是小酌，突然失控喝成一场酣畅淋漓的大酒，伤心处泪雨滂沱。刘江很难受，劝我当天别走了，但我竟很决绝。刘江默然，对我很不悦。他也曾借到广州出差之机，专程到深圳找我喝酒，自带了茅台。刘江的酒量比我大很多，开始时总关照我慢点喝，吃点东西，喝到半斤就提醒我差不多了，对我知根知底。

2013至2015年我因事滞留东胜。2014年冬天，意外地在一家羊肉蘸糕小吃店碰到刘江，匆匆忙忙的样子，神态有点失落。匆匆聊几句话，他说还有事，帮我买了单，一部车过来接他走了。其后不久，他又回到东胜，叫了我到歌厅唱歌，不停地灌啤酒。其间他和另一个朋友谈事，对他们说的事我搞不清楚，也不问。

2016年冬至，我在深圳的家中，忽然听说刘江跳楼自杀了。我大吃一惊，打电话给北京的好友二东询问，确是如此。我半天喘不过气来，头皮发紧。爱人看我异样，问我怎么了，我说刘江自杀了。其后才知道，刘江几年来一直为高利贷所困。因为想做大事，借了高利贷，被逼债而至走投无路。以他心高气傲、少年得志的性格，最终选择了惨烈的一跳结束了自己的生命。悲情难抑，填《庆春泽·冬至》以为纪念。

### 庆春泽·冬至

暮色萧疏，

灯华黯淡，

江山万里沉凝。

欲海横波，

付与年少光阴。

清虚湛寂尘烟落，

幻梦间，

岁月无痕。

手中杯，

饮尽韶光，

独守空心。


谁参古易阳初复，

怅坤阴兆亿，

折戟豪情。

最忆童年，

山花绿水长林。

乾坤变化无时尽，

叹人生，

由始及终。

又春来，

梅雪寻香，

故侣谁人。


十


　　在给千总当秘书期间，感情日笃，直至无话不谈。千总
家在包头，平时在东胜办公，周末才回去。那时的领导也没

什么特殊化，千就在办公室支一张床当宿舍。下班后只要有空就叫我到他办公室下棋。他的棋力水平不高，下起来没完没了，不赢一两局决不罢休，每每到最后让让他作罢。有一次过年到包头给他拜年，恰逢他出去办点事，特意给家里人交代：小王过来让他等着我，我办完事就回来。千总是苦出身，节俭惯了，我和他出差的时候，都是开一个标准间俩人住。我慢慢对他有了长辈一样的感情。

1994年，公司提拔一批年轻人担任了中层干部，我并不在之列。内心有些失落。直至1995年3月，一纸红头文件，我担任了黑炭沟集装站副站长，进入公司中层干部的序列。从1992年7月起给千总担任秘书，至此共两年零八个月。

## 第 七 章

生命的悲欢

一

　　黑炭沟集装站地处内蒙古与陕西交界处，地理上属伊克昭盟伊金霍洛旗，是运销公司最大的一个集装站，年装运量在一百五十万吨左右。站长老张是个老煤炭，也是在神府东胜煤田大开发之际，从乌海海勃湾矿务局调来的，基层工作经验丰富，喜欢在年轻人面前显摆一下。有一次吃饭的时候给我出考题：一百个和尚吃一百个馒头，大和尚一人吃三个，小和尚三人吃一个，问大和尚和小和尚各有多少。我暗自哂笑，迅即给出答案，老张略感讶异。民间有一些传统题目如鸡兔同笼等，如出一辙，不过一个简单的二元一次方程，老辈人多不懂其中诀窍。我在站上分管发运工作。清晨，在熹微的晨光中起床，到煤场巡视一圈，查看库存及是否有局部高温的情况；然后全体职工开班前会，布置安排当日工作；晚上临睡前我会到发运组检查装车作业计划，及计划的执行情况。每日按部就班，生活略显单调，工余时间便组织年轻人搞一些文体活动。基层单位做人做事在乎有公心，我一介书生，与一线职工相处融洽。

167

其间借到府谷县出差之机，回了一次老家。由于华能精煤公司的持续开发，府谷县也有了很大改观。神黄铁路从花石峁经过，老家原址成了府谷县的火车站，旧时的景象已不复存在，令人不胜唏嘘。唯祖坟那块风水宝地还在。二爹他们住进了新建的房子，建荣、建明、建飞三兄弟和美荣姐的日子过得红红火火，侄儿、外甥辈有十数人，一幅儿孙满堂的景象。那是旧式农村生活最理想的画面。

## 二

刚毕业那几年，内心非常渴望接触外边的世界。在黑炭沟集装站工作期间的两次出游，留下难忘的记忆。

夏天，公司有职工去秦皇岛的疗养度假指标，我因此有了参加工作后的第一次旅行机会。买了从包头到北京的火车票，再转乘大巴至秦皇岛，距我第一次到北京已是六年过去了。

此次安排疗养度假的有八人。神华是新建单位，年轻人居多，一帮少男少女在一起，玩得很开心。

我们先去了鸽子窝海滨浴场，这是我平生第一次见到大海。像无数大西北的孩子一样，看海是多么久远的一个梦想。一望无际的大海令我心潮澎湃，一代伟人毛泽东的名篇《浪淘沙·北戴河》涌入脑际。我自小酷爱古诗词，对毛的旧体诗词也很喜欢，毛诗几乎可以通背下来，《忆秦娥·娄山关》《沁园春·雪》以及本篇都是我至为喜爱的篇目。物是人非，往事越千年，千秋功过后人评说。

第一次下海，真切感受到海的质感，内心很兴奋。大西北出来的孩子多是内向的，加之那个刚从封闭走向开放的年代，少男少女穿了泳衣泳裤在一起多少有些不适应，有些羞怯。慢慢适应了周围环境，看着眼前一个个活泼的身体，竟也春心萌动，那种美好的感觉铭刻在记忆里。

之后去了植物园和林彪楼。植物园是拍照的好去处，我至今保存了植物园拍的许多照片。遗憾的是当时还得买胶卷，拍照也是一门手艺活儿，不像现在的数码照相机，拍多少随意。大名鼎鼎的林彪楼原来是一幢二层小楼。遥想当初林彪从这里出逃蒙古，关山难越，谁悲失路之人。我酷爱军史，尤为喜读四野的战史。辽沈战役，百万雄师挥军入关的天纵豪情令人无限遐想。以后还陪同梁由之老师有缘见到军史专家刘统教授，获赠《决战东北》，为我答疑解惑。梁由之老师的大作《百年五牛图》，蔡锷、鲁迅、张季鸾、陈寅

# 南渡北归人

恪四牛耸峙，唯五牛存目，殊为遗憾。

最后游览山海关老龙头。山海关古称榆关，地势险要，历来为兵家必争之地。唐代大诗人高适《燕歌行》："摐金伐鼓下榆关，旌旆逶迤碣石间"，何等高昂激越，那是中华民族的兴盛时期。吴三桂冲冠一怒为红颜，引清兵入关，经过康乾盛世的回光返照，绵延两千余年的封建时代逐渐式微，直至清末的至暗时刻。纳兰词："山一程，水一程，身向榆关那畔行，夜深千帐灯。 风一更，雪一更，聒碎乡心梦不成，故园无此声。"恰似封建王朝黄昏的隐喻。

站在山海关老龙头极目远眺，波澜壮阔的大海呈现在眼前，海天一色，让我无比沉醉与激动。直至今日，我仍然认为山海关老龙头的大海最为雄伟壮观。游览中突然下起雨来，共伞冒雨登上城楼，逶迤长城涌动而来，发思古之幽情。可惜在景区买了一个假胶卷，照片没有冲洗出来，美丽的旅行没有图片记忆。似乎是造物弄人，刻意要把这段记忆抹掉吧。

回程时经过北京，一行人住在位于万寿路的总部招待所，盘桓了两日，游览了颐和园、动物园等。颐和园的湖光山色、亭台楼榭尽善尽美，一众少男少女同行，旖旎风光给我留下美好回忆。大家还一起逛了王府井、西单，在天安门广场流连。晚饭的时候，在大城市长大的小惠提议去吃必胜客披萨。这是我第一次吃洋快餐。

从北京返回的火车票很紧俏。自备车公司的二东帮忙从黄牛手里买到两张高价硬卧票，一张给了小惠，一张给了同行的另一女生。我在火车的餐车上坐了一夜。第二天一早，小惠拿了另外那张卧铺票，到餐车接了我去卧铺车厢，人小鬼大，生活的经验倒不少。

接踵而来的是9月底的西安之行。公司团委组织各单位团支部书记到西安学习，身兼黑炭沟集装站支部书记的我也在其中，内心的高兴可想而知。我们一行七人，由公司团委的小王书记带队，从包头乘火车，由京包线转太原直到西安，全程二十八小时。年轻人在一起，一路欢声笑语，没有感觉到车程的漫长。队伍中有一位在西安上过学，就由他来给大家作导游，联系我们住在西安的电业局招待所。房间很干净，每人每天只需二十元。现在回想起来，真是便宜。

西安是有名的文化古城，可玩的地方颇多。逛了市内的钟楼、大雁塔等古迹。尤其是到大雁塔游览，颇多共鸣。我对佛学一向有兴趣，曾细细研读过《维摩诘经》《无量寿经》《坛经》《金刚经》《普贤行愿品》等多部佛经。一层层爬到塔顶，感受玄奘法师西天取经的种种磨难和奇迹，体味《波若波罗蜜多心经》美妙绝伦的译文，物换星移，几许惆怅。

当然最开心的还是去兴庆公园。兴庆公园位于西安市东门外，始建于1958年，建在唐兴庆宫遗址上。西安古城，大唐玄宗皇帝的流风余韵无处不在。兴庆宫原系唐玄宗登基前的府邸，是玄宗时期政治中心所在，也是与其宠妃杨玉环长期居住的地方。公园里水光潋滟，有很多娱乐设施。年轻的朋友来相会，看到一切都稀奇，玩得非常尽兴。

直至我们去临潼，游览秦始皇兵马俑，我才真正为这座历史名城所震撼。站在俑坑前，看到一个个高大英武的兵俑，排成整齐的方阵，面容肃穆冷静，思绪回溯到久远的历史：列国争雄，烽烟四起，合纵连横，英雄辈出，秦王的坚甲利兵无坚不摧。后来了解世界史，同时代的古罗马帝国，盛名显赫的古罗马军团不过五至八万人规模。而秦、赵两国长平之战，双方动员投入上百万兵力，共同谱写了宏大壮阔的历史画卷。抚今追昔，令人无尽遐思。而纸上谈兵的赵括，终沦为千古笑柄。

从兵马俑出来，游览华清池，登骊山。杨太真"温泉水滑洗凝脂"的遗址依然，江山美人，唐玄宗的绝世之恋任由后人评说。很奇怪历史上几位皇帝艺术大师都是亡国之君，有南唐后主李煜、宋徽宗赵佶，看来艺术与政治是不相容的。兴致盎然登骊山，行至山腰，一老尼独守孤庵，略奉香火钱，为父亲祈身体康健。老尼木鱼响动，念念有词。登上山顶，乘缆车下山，新鲜好奇。

每日回到住处，附近有一个卖小吃的集市，羊肉泡馍、肉夹馍、兰州拉面、岐山臊子面香味扑鼻，处处体现出久远、悠长的地方特色。市内有家老字号的老孙家羊肉泡馍和牛肉泡馍，人声如沸，生意兴旺热闹，也与大家一起去品味一番。好友谢雳曾言，旅行之途，除人文、景观外，饮食亦非常重要。此言不虚。

素闻"华山天下险"，小时看过的电影《智取华山》，历历在目。临潼归来，我提议登华山。同行者除小吴外，其余皆不赞成。少年意气，咫尺之遥，焉有不去之理？便与小吴单独前往，其余人在西安逛街购物。

查列车时刻表，当晚八时左右有一班列车途经华阴县。与小吴急匆匆赶那班火车，晚了几分钟。正好旁边有长途汽车站，匆忙搭了一班去华阴县的巴士，直奔华山。天色渐行渐晚，一路颠簸，到了华山脚下，已是深夜十一点多。路灯下一家小店，我与小吴进去吃些东西，随便与店家聊了起来。那店家讲，来得正好，过了10月1日山顶就会有积雪，那时就封山了。而且登华山就是要在晚上，才不会惧怕万丈悬崖，且赶清晨看日出。

略养精神，已是午夜时分，开始乘夜登华山。那晚登华山的人不多。开始时山路平缓，渐行渐陡峭，旁边有铁链围护，未觉危险。因为没有攀登高山的经验，急匆匆往前赶。旁边一福建人告诉我们不要着急，登山要缓缓徐行，路遥知马力，贵在坚持。我和小吴没有理会，心情兴奋，顺着石阶，一路前行。

百尺幢与千尺崖最先遇到，摸黑爬上去。再后是天梯，顺着铁链垂直攀上去。山势越来越陡，情绪一直处于紧张与亢奋中，全然忘了疲累。随着高度的攀升，慢慢有了恐惧之感。等爬到韩愈问天处，石阶两边悬崖绝壁，就听风涛浩荡，令人胆寒。半夜时分天气渐渐寒冷，我的汗却涔涔下来，紧紧攀住铁链，不敢有半点松懈。过了北峰、老君犁沟，终于在清晨五时许到了中峰。

天色微明，我们在中峰看日出。就见群山万壑之间，太阳喷薄而出，照射出万道光芒，蔚为壮观。山顶上东峰、南峰、西峰依次游过。东峰碰到一对老夫妇，六十多岁年纪，于前日上来，十分叹服。南峰是主峰，峰顶上写着华山论剑几个大字，不伦不类。南峰下有长空栈道，地形险峻。华山是道教名胜，西峰万仞绝壁上面，道观里奉了沉香辟山救母的大斧。

近中午的时候，开始下山，感觉膝盖很痛。所谓上山容易下山难，行走异常艰难。一路上自然人文景观比比皆是，全然没了兴致，只是机械地迈着两条腿。到后来右脚拖着左脚，侧着身子蹀斜向下，经过那几个地势险要的地方时，更是痛苦不堪。偶遇华山挑夫，挑着山上日用的东西，一步步沉稳过来，不禁感慨。下午三时左右，历经千辛万苦，终于走下山来。上山四十里，下山四十里，华山之行，一生难忘。人云："不登华山一辈子后悔，登了华山后悔一辈子"，此言不虚。我的腿关节在这次登山中留下隐患，以后登山，稍微路程远一点，疼痛难忍。

当晚回到西安与同事会合，第二天又随大家在市内购物玩耍了一天，开始返程。

返回时，我们乘大巴取道延安、榆林。彼时没有高速公路，我们买了卧铺大巴，沿着国道，一路颠簸。到了延安，已是傍晚。大家一致同意停留下来观瞻一番。

第二日上午，先到杨家岭一带游览，参观了毛主席住过的窑洞和中共七大的会场。七大将毛泽东思想树立为全党的指导思想，中国的红太阳冉冉升起。毛以千古不易之才华打赢了力量悬殊的战争，诚历史巨人也。外边有戴白毛巾的汉子表演打腰鼓，载歌载舞的样子让人沉湎于过去的时光。从杨家岭出来，登上宝塔山。延河水，宝塔山，那是从儿时起就镌刻在心中的圣地。在山上眺望这座历史名城，感受范老夫子《渔家傲》的辽远苍凉："塞下秋来风景异，衡阳雁去无留意。四面边声连角起，千嶂里，长烟落日孤城闭"；感受毛泽东《沁园春·雪》的辽阔风景："北国风光，千里冰封，万里雪飘。望长城内外，惟余莽莽，大河上下，顿失滔滔"；也想起《水浒传》中梁山好汉"鲁提辖拳打镇关西"的段子。盘桓良久，未能免俗，在宝塔山着红军服合影留念。

从延安启程，又乘了一天的大巴才到榆林，已是晚上。找了一家旅馆住宿安顿。记得很清楚，这家旅馆是用青砖圈的窑洞。榆林是张季鸾的故乡，已无迹可寻，一代报人湮没在历史的风烟中。

# 三

1995年10月，在原华能精煤公司的基础上组建成立了神华集团。我所在的公司名称也由华能精煤运销分公司变更为神华煤炭运销分公司。年底公司调我回机关担任经理办公室副主任，虽在意料之中，只是没想到这么快。司机袁波私下对我说，没我在身边，千总很不习惯。

我从黑炭沟集装站调回公司机关后，与大东住一屋。刘江和大东都是我在运销公司工作时的挚友。大东为人干净整洁，性格内向，心细如发，文质彬彬。印象特别深的是：大东每天都会洗衣服，尤其穿过的衬衫一天一换。要知道，在西北干旱地区，不容易出汗，别人大都一周换洗两三次，所以在这方面他的表现是个异类。有时我换下的衣服懒得洗，他也顺带帮我洗了，现在回想起来还感到很温暖。在以后漫长的生活中，与大东多有交集。大东爱人是盟医院的陈医生，不到四十岁就当了主任医师，在很多关键时刻帮助过我。我到深圳后，每次回东胜，大东得空一定会陪我小酌几番。2015年我第二次南下深圳，开车返深，又是大东陪了

# 南渡北归人

我，一路驰骋三千公里，历时九天抵粤。我们一路经黄陵、秦岭、武当山、神农架、韶山、韶关回到深圳，那是我平生最快意的旅行。

重回机关后，我自感春风得意，而接下来的一件事情似乎在警醒我，如当头棒喝。

那是1997年一个春风沉醉的晚上，我乘着浓浓的酒意骑了摩托车回公司。20世纪90年代酒驾如家常便饭，大家都不以为意。不巧的是在十字路口恰逢交警查车，便想一轰油门闯过去。交警眼疾手快，把我截了下来。少年轻狂，与那交警讲辩起来。更不巧的是交警队长执勤，一怒之下把我带回警局录口供，开出刑拘三日的处罚。当晚我被送到收容所。这时酒已完全醒了，非常后悔，但也无可奈何。房间里关了十余人，其他人都已睡了，我一个人坐在门边，默默反思。

第二天一早，一干嫌犯起来，里边的老大过来问话。我把事情经过告诉他。那年轻人便威胁我，指着旁边一个矮胖的年轻人道：看到没有，他是个杀人犯，在外面的时候号称东北虎，现在已变成东北猫了，晚上给你上课。我内心自是十分紧张。旁边一个年龄大些的人看我这样，安慰道，也没啥大不了的。好在哥哥知道我出了事，一大早开始托人，想办法营救我出去。终于找到关系，中午请了收容所干警到饭店吃饭。席间哥哥的一个朋友允诺把收容所的玻璃都换成新的，于是答应尽快放我出来。我担心当天出不去，又让哥哥给我带了条烟，送给那个老大，内心稍安。晚饭的时候，干警过来叫了我，一起吃饭。他们的生活简朴，自己做饭吃。吃过饭就让我出去了。收容所距公司不远，我一路步行回去，仿佛劫后余生，感到无比轻松。老郭主任早已在大门边等我，领我到公司后边家属院的家里，开了酒给我压惊，批评我道：你看你干这甚事情了！

## 四

1996年冬天，机缘巧合，认识了伊盟财经学校教书的伊。

我现在还清楚记得第一次约会的情景。隆冬时节，天气非常寒冷，大概有零下十几摄氏度的样子。下班后把自己收拾整齐，骑着自行车，几乎穿过整个东胜，直奔天骄大酒店——当时东胜最好的一家酒店。我戴着一副单层的皮手套，冷风飕飕，双手有冻僵的感觉，内心却有一丝丝温暖的感觉在蔓延。到了酒店，按照事先约定，我坐在大堂的沙发上等她。我努力做出一副从容放松的样子，内心却很紧张，每听到酒店的旋转门转动，便不自觉地怦然心动。

终于看到一个倩影走进来，高挑的个子，戴一副近视镜，穿一条牛仔裤，上衣穿一件黑白相间的毛衣。看伊东张西望的样子，我想大概就是她了，就迎了上去。互致问候，我带她到酒店的二楼用餐。我努力显出一副殷勤而老练的样子，两人边吃边聊。她话不多，其间只是听我在大放厥词。现在已记不清当初都说了些什么，只记得自我感觉良好。

吃过饭，出了酒店门口，我提议送她回去。她婉拒道："我家就住在附近，我经常走。"看看天色很黑，我坚持送她回去，她也没再坚持。于是我们都推着自行车，默默向她家走去。其实她家距天骄大酒店也就三四百米，不一会儿就走到她家的院墙下。她很客气地说："到家了。"我目送她进了院门，然后怀着愉悦的心情，迎着刺骨的寒风，骑着单车回公司。而事实上，伊对于初次的印象并非我想象的那样，对我的自以为是很不以为然。

春节时回罕台过阴历年，我做了一个让家里人吃惊的举动，一把火烧掉自己所有的日记。我从1983年开始记日记，这个习惯一直延续到工作以后。整整十七本日记，里边记录了我少年时期的所有痛苦和哀愁。之所以做出这一举动，是因为我当时认定与伊是有缘分的，不想让她看我心路磨折的过去，付之一炬。

大年过后，与伊的关系仍在不紧不慢的持久战中。她这种不温不火的态度让我感到很被动。寒冷的冬天渐渐过去了，我的心路之旅仍然没有任何进展。

有一段时间她突然不再与我见面。情急之下，一天中午，我穿上西装扎上领带，与大东骑了摩托车直接到学校找伊。从办公室玻璃看过去，人不在。问其他老师，回答还在上课。于是一间一间教室寻过去，终于在靠边的一间教室看到伊。她发现了我俩，略显吃惊，轻轻挥挥手让我俩先走开。自忖不能鲁莽地打断上课，就在办公楼下等她。过往的老师都异样地看着我俩。下课铃声响了，半天不见她从教室出来。待回过头去找时，已杳无踪影。原来是躲到后边的学生宿舍里了。这件事情在学校的老师中还是起了一点波澜，大家都知道伊有了追求者，而这也许正是我潜意识中的目的吧。

苦心人，天不负。最终还是一个契机打破前嫌，走到一起。其中原委是这样的：伊到某单位办事，恰巧一认识我的人当值，对伊说："错过他，你会后悔一生的。"伊若有所思，虽然并不喜欢我的张扬，还是下决心接纳我。此后二人关系迅速发展，1997年冬订婚领证。

翌年春短暂假期，二人结伴到北京游玩。正所谓：人生得意处，春风少年时。我们每日流连于颐和园、动物园、天坛、王府井、天安门等传统旅游胜地打卡留念，不胜其乐。其时大舅子在北京做羊绒衫生意，住在方庄。我们去看他，带我们吃了北京烤鸭。

1998年阴历八月初六，与伊正式举办了结婚仪式，步入婚姻殿堂。伊的高中同学柴眯看我瘦弱的样子，笑着打趣道："你原来喜欢这样子的呀，让咱班男生挣命往胖吃了。"

造物弄人。2000年南下深圳，伊与我颠沛流离，一路走来真是愧对当初的誓言。多年后一个多雨的午后，深圳家中，作《秋思》诗，恰似岁月的回响。

### 秋　思

浪迹天涯忆旧游，<br>
红颜愧对总堪羞。<br>
秋风塞北黄杨下，<br>
冷雨江南碎玉流。

百念归来心若寂，

千机变尽欲何求？

桃源归去闲情赋，

旧酒新茶不系舟。

# 五

在1997年初的年度工作会议上，我被任命为公司的经理办公室主任，哥哥担任了沙沙圪台集装站站长，都升任了正科级。会餐后千总叫我到办公室说话，我眼含热泪，发自内心说出感激之情。千总安慰我道："年轻人，不要动不动就哭，都是你自己的努力。"

春节后，哥哥到沙沙圪台任职。5月，兄弟俩商量把父母从罕台接出来，住在哥哥家，方便照顾。母亲于1996年患了甲亢，身体受到很大损伤。搬到东胜后住处离盟医院很近，母亲平日看病方便很多，所患的甲亢得到有效的治疗，身体渐渐好转，像吹气球一样转瞬胖了起来。母亲是个喜欢热闹的人，不多久即与邻里处得很熟，慢慢地还联系上一些罕台出来的故人及早年间在青达门公社的故人。我也重新有了家的归属感。

1997年8月，为进一步开拓煤炭市场，在广州、上海、沈阳设立办事处，隶属于运销分公司管辖。千总再三权衡，把哥哥派往广州，也因此改变了哥哥后半生的轨迹。

其后，神华的销售体制进行了调整，在北京新设立了正局级建制的运销总公司，千总担任了副总经理。原设在东胜的运销分公司成为北京公司的下属单位。其间我陪同千总频繁往返于北京和东胜，在京无聊时，常与刘江、二东几个打牌喝酒，常去的饭店有满庭芳和西蜀豆花庄。对西蜀豆花庄的那个茶博士印象最深，一把铜壶流转，耍出各种把戏，远远地将茶汤注入茶盅，一滴不洒。除打麻将外，我们还玩一种叫"跑得快"的扑克游戏。我手气颇好，经常在返程去火车站前玩个把小时，一张火车卧铺票就赢到手了。

变局之下，10月下旬，我与千总一路南下对全国煤炭市场进行调研。我们的调研工作沿京九线展开，先乘飞机到合肥，再乘火车到九江，转乘大巴到南昌。调研途中抽空游历了包公祠、浔阳楼、锁江楼、庐山、滕王阁等名胜。尤其对庐山和滕王阁的风景记忆最为深刻。庐山上含情脉脉的如琴湖，风烟弥漫的含鄱口，还有一幢幢美轮美奂的旧式别墅都令人着迷。如琴湖边一小礼堂不间断放映《庐山恋》电影。

这是"文化大革命"后首部表现爱情题材的电影，女主角张瑜的形象深入人心，打动着那个年代的无数少男少女。随着岁月的沉淀，"文革后第一个惊人之吻"也成为中国走向开放的一个象征。滕王阁则因自幼便能背诵王勃辉映千秋的名篇《滕王阁序》而别有感焉。那是一个淫雨霏霏的下午，我们登上滕王阁，楼外赣江烟波浩渺，不由想起《滕王阁序》中的名句"落霞与孤鹜齐飞，秋水共长天一色"，而"胜地不常，盛筵难再。兰亭已矣，梓泽丘墟"之感慨亦充溢心间。

最后一站，我们从南昌乘飞机到广州与哥哥会合，调研煤炭需求最为旺盛的广东市场。那时哥哥初去广州，立足未稳，住在开发区办公。我与千总住在市长大厦，哥哥每日乘中巴过来作陪。开办之初，费用羞涩，接待只有用心情来表示了。记得有一餐是哥哥请我们在天河城吃牛肉粉，千总笑笑不以为意。中间哥哥陪我抽空去了一趟深圳，到住在罗湖春风路的好友老陈家。老陈是哥哥大学同学，毕业后一起在深圳闯天下，交情颇深。老陈干的是证券行业，彼时在一家投资公司工作。还有几位大学同学也赶来聚餐。其中一位叫贺怀民的矮个子同学，青海人，醉心佛学。贺曾言，此生最向往的事是有朝一日披一领袈裟。这名同学后来终于皈依佛门了，听说在庐山编辑佛学杂志。饭毕，哥哥一名在深圳发展银行上班的同学开车带我在市里兜了一圈，从地王大厦开车到世界之窗。短暂的深圳之行给我留下了极佳的印象，尤其深圳的蓝天白云和宽阔漂亮的深南大道令我心醉。我对哥哥说："深圳，我还会回来的。"孰料竟一语成真，三年后便来到深圳，结下半世情缘。

回到北京，我住在万寿路的总部招待所，日夜写稿，耗时一个月写出一份两万字的调研报告。此时正是人事纷纭的变化时期，这份报告虽然引起一些注意，但对我的个人命运并未产生多少影响。

# 六

真是天有不测风云，人有旦夕祸福。1997年12月，父亲又一次住院。在病情基本控制后，因为父亲平时便血，一直以为是痔疮，一并做了检查。检查的结果令全家大吃一惊，医生推断是直肠癌。恰好其间哥哥回东胜办事，兄弟俩一商量，决定到呼市给父亲看病。内蒙古医学院附属医院的老中医李锐是哥哥岳父的老友，托他挂了一外科主任的号为父亲治疗。

切片化验的结果是恶性的。考虑到父亲的身体状况很差，在是否手术这件事上很犹豫，中间一度想回去保守治疗。父亲自己掂量这件事，坚决要求手术。其后我们把意见统一下来，决定给父亲施行手术。这时在郑州要开全国煤炭订货会，公司定了我和哥哥同去参加会议，但因为父亲要住院手术，哥哥便先行去了，我在呼市留守。姐姐在哥哥去郑州后，迅速赶到呼市与我会合，一起轮班看护父亲。

手术进行得还算顺利。父亲以羸弱之躯挺了过来，从手术室出来时意识尚清醒，轻轻叫着我的名字。我与姐姐把情况通报给了母亲和哥哥。医生后来讲，在手术准备阶段一度相当困难，因为父亲身体弱，血压太低，等血压升起来后才重新进行了手术。

父亲的伤口拆线后，无论如何总也好不利索。前后历时约三周，我与姐姐日夜轮班照料，渐渐很疲惫，加之高昂的医药费难以承受，在征询医生及父亲本人的意见后，决定回东胜进行后一阶段的治疗。这时已是元旦以后了。我从公司叫了车，大学同学大个儿、塔拉赶过来帮忙，抬着担架把父亲送上车。

回到东胜后，从住处附近的一个小门诊找了一位大夫，为父亲换药。那人以前正好做过外科医生，看过父亲的伤口后说，里面一定有东西没有取干净。征求我们意见后，大夫在家里为父亲做了一个简单手术。简单麻醉，用手术刀在伤口上方轻轻划开一个小口，果然取出一块寸许长的纱布。在取出异物后，父亲的伤口迅速愈合了。

1998年4月，公司给我分配了一套六十多平方米的两室一厅住房。同时，爱人所在的财经学校也为教职工集资建房。于是我把公司分配的这套房子给父母住。回罕台搬家时，只搬了少许东西。母亲后来老念叨她那些旧家什，铺炕的羊毛毡子，六七个大瓮，存粮的黑瓷坛子，几十年历史的红油躺柜。母亲说，一辈子的家当全扔了。三姨夫在学校当老师，住在昌汗沟，离家颇远。我们搬出来后，那房子给三姨夫家住了很多年。

# 七

1998年是我人生多事之秋。

年初风闻运销分公司将面临很大变数，业务将大幅度萎缩。

半年度会议的时候，人事调整落幕。千总不再兼任运销分公司经理，我刚参加工作时的老上级刘勇担任了分公司经理。公司机关缩编为五个科室，我所在的经理办负责业绩考核、人事、行政、后勤、基建、职工养老保险等业务。会后，运销分公司马上筹划搬到矿区办公。1998年9月中旬，公司搬迁至位于黑炭沟附近一所院落，办公环境与原先相比差之甚多。虽然有宿舍，因为大多数职工家在东胜，好多人宁肯披星戴月，乘火车通勤上班。赶通勤的时候，我通常在早上五点起床，然后到火车站候车。冬天，刺骨的寒冷，至今仿佛冻了一坨记忆在脑海里，挥之不去。

就在公司搬到矿区后不久，与伊举行结婚典礼。父亲因为身体原因，没有参加过哥哥与姐姐的婚礼，这次则无论如何要参加我的婚礼。那段时间，伊操劳甚多，装修房屋等事都是她每日盯着，到结婚时人瘦了许多。

我们婚后不到一个月，父亲骤然病重住院，在盟医院治疗。这段往事在我真是不堪回首，不愿回想。我初到矿区，每日的工作很繁忙，其间还得了一种慢性荨麻疹的怪病，隔三差五要静脉注射才能缓解，但很难根治。就是在这种状况下频繁地奔波于东胜与矿区之间，母亲也是十分劳累。因为父亲病情严重，不同于以往，不久哥哥从广州回来，我与哥哥轮流到医院给父亲陪床。当我与父亲独处时，父亲悲伤地对我说："这次怕闯不过去了。"求生之念，言之殷殷。过了一段时间，大夫非常客观地沟通了父亲的病情，道：你父亲的病情很复杂，心脏、矽肺、气管炎的症状都有，在治疗时往往顾此失彼，不能面面俱到，这个病已很难治了，只能在此多挨一些时日。其后，哥哥工作吃紧回到广州，我与母亲承担了照顾父亲的责任。母亲照顾父亲半生，也是心力俱疲，对父亲的病情已很麻木。后期父亲的病情日趋严重，只能靠氧气来维持。我下班后第一件事情就是过去看望父亲，与母亲交流一下。一次母亲说："前两天你大（当地话对父亲的称呼）想喝红牛饮料，说电视上天天做广告，还没有喝过，就到小卖部给你大买了。"一次，父亲在床上气息悠悠，不停呻吟，母亲就带着哭声对父亲说："知道你不舒服，但整天整晚这样，我的身体也盯不住了。"一次母亲又对我讲："你大跟我说，乘我活着时，你伺候我一些时候，等我走了你不会后悔。"一次父亲当着我的面对母亲讲："百年后一定要回府谷，逢年过节有人烧纸。这几个孩子以后不知要走到什么地方，这地方连个烧纸的人都没有。"我知父亲已在非常隐讳地说出自己的临终遗言了。病痛一生，善良一生，我知父亲心中的无奈与心中的痛。府谷的二妈其时得了直肠癌，危在旦夕，二爹全力照顾。可怜两兄弟相念一生，到父亲与世长辞前竟不能再见上一面。

阴历十月二十二这天，下班后我心烦意乱，心绪难平。从单位回到东胜。先到父亲那里，就看到父亲的病情越发严重，气息很弱。晚上九点钟的时候，父亲与二爹通了电话，父亲气息微弱地与二爹讲话，我只听清父亲说了一句"不行了"。母亲也很恐慌，对我欲言又止。但我并没有意识到情况已很危急。快十点的时候回家，还准备第二天上班。没过一小时，母亲打来电话道："你老子不行了。"我赶忙过去，父亲已没有了气息。半夜三点钟左右，姐姐一路哭声从达旗赶回，我头脑麻木，一片空白。

得到父亲去世的消息，哥哥立即从广州赶回，其后的事情都由哥哥操持。三天后，在东胜盟医院的殡仪馆开了一个简单的追悼会，然后按照父亲的遗愿一路护送灵柩回到府谷。

半夜时分，灵柩停到花石峁村外。父亲在外地过世，当地风俗，灵柩只能停在村外。此时二妈也危在旦夕，这让主事的二爹颇为力不从心，最后还是全力以赴先处理父亲这边的事情。从东胜回府谷前，我们自己请了阴阳。回到府谷，匆匆请了一班鼓上街，按当地风俗吹吹打打，进行最后的送别仪式。夜晚寒冷凄厉，我呆坐在父亲的灵前守灵，回想父亲卑微的一生，悲怆的心境麻木无感。两日后，在明朗寒冷的上午将父亲入葬祖坟，完成父亲最后的遗愿。在当地看来，这个白事是简而又简了，但因实际情况，我们确实无法多耽时日。大姑身体不好，我们听从二爹的意见，没有通知她。后来大姑得知前因后果，伤心不已。

1999年阴历二月二，父亲百天，我独自回到府谷，在父亲的坟头烧了纸。事先知道大姑会来，但我与二爹并没有等。大姑到来时，我们已从坟地回来，大姑羸弱之躯躺在炕上失声痛哭。我只好尽力安慰，说了一些宽心的话。兄弟姐妹四人，父亲第一个走了。人生匆匆几十年，多少苦涩的回忆。弥足珍贵的，是他们兄妹相亲相念共同度过的那个时代，以及兄妹之间的真情厚谊。

第八章

转折

一

也许那时我的思维还算活跃吧，或者是在适逢转折的职场生涯中潜意识地寻找新的契机，从1998年冬，开始关注资本市场的变化。当年没有更好的资讯条件，看报及浙江台每日一档的证券节目成为我获取资讯的主要来源。年底我在《经济日报》上看了一则对来年潜力股的预测，内心萌生了入市的意愿。于是在营业部开了户，初期共投入一万元。我根据自己有限的资讯掌握，买了三只股票：一汽轿车、本钢板材、东方明珠，由此开始涉足资本市场。

1999年初，全家人都到母亲处过大年。上午我们兄弟姐妹三人到铁路西边给父亲烧了一些纸钱，又踏着些微的积雪回到母亲的住处。这个年，本该是全家人大团圆的一年，父亲的去世，留下永远的遗憾。回想父亲的一生，不胜悲凉与酸楚。

其后的生活恢复宁静，我也拿出更多精力关注股票市场的变化，研究公司的基本面。1999年5月，爆发了证券史上著名的"5·19"行情，激动人心的场景至今历历在目。记得电视节目里的分析师激动地说，只要涨幅还低于30%的股票什么都可以买！我因在矿区上班，并不能实时关注股市的变化，只能用电话咨询的方式了解自己所买股票的价格变化，晚上则看电视台的解盘节目。运气，都是运气，我购买的股票东方明珠，以连续涨停方式一路向上，令我非常激动。此时有一个比我自己还激动的人，那就是在证券营业部工作的一个朋友。她专门打电话告诉我，整个东胜只有我一人买了这只股票，并不时打电话告诉我股价的变化。终于在股价连续上涨后，朋友擅自做主为我卖出了这只股票。很短时间内，我初期投入的一万元变成了一万六千元。当年的六千元对我而言是不菲的一笔收入了，因为我一个月的工资也不过一千元左右。经此一役，我的信心大增，对股票投入研究与关注的时间也更多了。

1999年秋，我的职场生涯又发生了重大变化。北京新组建运销总公司后，对矿区的业务进行了剥离，于是就发生了运销分家的重大变故，将集装站的装卸业务全盘划归给主要负责生产的神东公司，临时工全部遣散，正式职工部分划归神东。可怜那些临时工在艰苦的环境中工作数年，就这样一走了之，现实很残酷。

分家后，我的老领导、分公司经理刘勇受命到神东公司组建煤炭经营处，将我和另外三名同事一并带了过去。在运销公司多年苦心的经历，最终几乎成为了沉没成本。

运销分家的事告一段落后，我人生的历程终于也告一段落了。回想大学毕业后的前几年，可谓一帆风顺，突然的波折让我措手不及，没有丝毫的应变能力。少年顺境可真不是什么好事啊。那时的我多么希望生活中突然产生新的奇迹，却看不到任何变化的迹象。人生的一个轮回，当然不会在很短的时间就过去。此后，在工作闲暇，我更加专注于股票市场的变化，而市场却在"5·19"行情后步入调整之途。上证指数于7月2日至1756点见顶后，逐波下探，于当年12月27日见到调整的最低点1341点。在指数调整过程中，我前期的利润回吐殆尽，上了资本市场第一堂风险教育课。

## 二

陈的到来最终成为改变我生活方向的契机。陈是哥哥大学时的同学，毕业后一直在深圳从事证券行业，算是中国第一代股民了。1997年我随千总调研煤炭市场至广东，哥哥曾带我到深圳晤过一面。他几经沉浮，以潮汕人特有的精明混迹于这个市场，干得风生水起。

久经历练的陈以其特有的市场敏锐预见到一轮大行情即将启动。通过哥哥的介绍，于1999年底，他将自己的账户托管到东胜营业部。过往的投资经验使他将目光锁定在次新股。2000年1月中旬，一只新股上市，定价适中，他便将自己所有资金在其后几个交易日渐次买入这只股票。

我因为哥哥的关系可以随时出入陈的交易室。我尽力做一些力所能及的服务性工作，并为能一睹在普通股民中神话一般的"大资金"而感到荣幸。与此同时，我也竭尽所能集合了自己所能找到的全部资金投入股市。我自己总共投入了十三万元，姐姐也把自己的五万元积蓄投入股市，委托我操作。在当时的我看来这是非常庞大的一笔资金了。我怀着崇拜的心情，几乎同时买入了老陈重仓的次新股。就像千万散户的开始一样，看着上下波动的股价，自以为是，老想做一些短差，频繁进出反而把成本抬高了。老陈看在眼里，笑笑不说话。最终的买入成本居然比当初的价格高了20%。由于专心股市这边的事情，对工作马马虎虎，经常请假不上班。年初，神东公司对各处室领导考评，我甚至因为忙于炒股票都没到矿区参加。刘勇亲自给我打电话，态度虽然温和，但也透出不满。我匆匆到矿区应付一下，然后就急忙回到东胜。随着股票账面利润的增加，人也渐渐膨胀起来，觉得赚钱如此容易，就萌生了辞职的想法。

我持仓的这只股票一路上涨，上市后连拉九根周阳线，其势之强令人瞠目结舌，偶尔发生的调整仅仅是盘中调整而已。那段时间是次新股炒作的狂潮，市场的投机氛围非常浓厚。

直至3月底，老陈完成了这次完美的操作。临走时，大家依依惜别。老陈对我则青睐有加，并留下话，希望以后有机会到深圳帮他一起做事情，令我深为感动。

## 三

其时全家的股票都由我管理，市值达到了一百二十万元左右。无巧不成书，恰逢我多年的棋友李建欣此时在乌海一家营业部任老总，得知我的情况后就怂恿我把股票转托管到乌海。在与李总电话沟通后，我着手进行这方面的事。首先是工作问题。当时还没有网上交易，要去乌海，人就必须去，而在神华的工作就无法兼顾。于是我到矿区，在征得刘勇同意后，将工作关系转到负责临时安置下岗职工的培训中心。在此过程中，爱人懵懵懂懂，不知所以然，但也没有干

# 南渡
# 北归人

涉我的行为。婚姻生活中，我这一生中最引以为幸福的事情就是：伊在我每一次人生的重大转折中都没有干涉我的选择，并在我做出选择后义无反顾地追随我。

手续办妥，建欣开一部自动挡的三菱越野车，从东胜接了我前往乌海。此前我还从未深入过内蒙古的西部，这次西行让我感到莫名的兴奋。东胜到乌海全程约三百六十公里，一路在鄂尔多斯高原驰骋，穿过荒野、沙漠，蜿蜒向前的公路没有止尽。途经库布奇沙漠，这便是在内蒙古非常有名的穿沙公路。人类的力量着实伟大，在严酷的自然环境中顽强地生存。像眼前的这条穿沙公路，经常在暗无天日的沙尘暴天气后被黄沙掩埋，养护的工人硬是从黄沙中把公路扒出来。扒了埋，埋了扒，年年如是。而且随着那些年自然生态的恶化，情况一年比一年严峻。

只有来到这荒凉的旷野，在无尽的视野下渺无人烟，你才会感受到大自然的辽阔。偶尔眼前一亮，在一处山脚下，看到一个小小的村落，如柳暗花明般的感觉，心情为之振奋。途经杭锦旗，城外一个小小的转盘转向县城，一派原始、荒芜的景象。再往前到棋盘井，就到了鄂尔多斯的边界了。这是一个资源型的小城，发展煤炭、水泥、化工等工业，规模都很小。城市周边污染严重，视野所及，似乎都被染成了黑色。

　　过了棋盘井，进入了乌海市的地界。乌海市坐落在黄河边上，下辖乌达、海勃湾、海南三个区，南边与宁夏的石嘴山接壤，西接内蒙古阿拉善盟，是一座以煤炭开发为主的资源型城市。乌海历史悠久，文化渊远。早在汉武帝时期，设置朔方郡，就在今海勃湾设置沃野县。20世纪90年代神华大开发，乌海许多专业干部到神华发展，他们顺应了时代的潮流，各自书写了人生的一段新辉煌。

　　到了乌海营业部，建欣把我安排在一楼拐角的一间大户室。房间里放了一架高低床，摆了两台电脑，我工作休息都在这间屋。开盘时间，另一个大户小崔会来房间与我一起看盘。他做实业出身，半路迷上了炒股票，追涨杀跌，亏损不少。好在心态不错，整天乐呵呵的样子。营业部工作人员都是一些刚毕业的大中专毕业生，在李总的调教下相处很融洽，氛围很好。

## 四

　　在乌海的这段时光是舒心惬意的。每天早晨与建欣一起吃早餐，新鲜的热牛奶、煮鸡蛋，再加一碗粥或一碗手擀面。我有生以来还从未享受过这么有规律的营养早餐。上午看盘，中午与营业部一起吃饭，下午收盘后一起搞活动。建欣除了爱下棋外，还酷爱乒乓球。拿他的话讲，围棋练脑，乒乓球练身，不无道理。

人生的际遇真是奇妙。就在我到乌海前不久，老包也从伊克昭盟保险公司调到乌海财险公司任一把手。几个关系很好的棋友竟意外地在乌海相聚了，人之幸焉，棋之幸焉。我们三个人的棋风多少有点相克。老包大开大合，一对我就很来情绪，而建欣如地鼠一般的棋风不怎么怕老包，但和我下却不怎么占优。当时网络围棋刚刚兴起，这让酷爱围棋的老包如鱼得水。老包将保险公司招待所的一间小套房作为自己的住所，房间通了网线，联众网五分钟的快棋成了他的最爱。有时网上有人玩赖，下完棋不数子不认输，不断在空里填子，老包就信心满满地随对方填子，一直到填不动为止，那副认真的神态煞是好笑。我经常到老包那里下网棋，两人臭味相投，一玩就是半宿。

可能与经济较早发展有关系吧，乌海的文化积淀远比伊盟深厚。围棋氛围很好，几个一流好手都达到了很高的水准，绝对是业余强5段的水平。建欣是个热心人，有时招呼棋友一起来玩，我输多赢少。其间建欣还筹办过一次围棋比赛，邀请了包头、临河的棋手参加。其时在内蒙古几个有名的棋手都参加了比赛，乌海的张宪东最终力挫群雄夺得第一名。我也参加了比赛，排在十名之外。

建欣是半仙式的性格，工作认真有办法自不必说，生活安排丰富多彩。由春入夏，正是塞北的好风光，我的心情也豁然开朗，此前在工作中的不愉快忘得一干二净。我们一起驾车到久负盛名的塞上江南银川游玩，领略宁夏回族自治区的风土人情。贺兰山下一望无际，遥想当年成吉思汗的金戈铁马，不胜今昔之感。我们也曾一起攀登乌海附近的乱石山，山上的古老岩画历历可见，不知先民在岩画中附着了什么神秘的含义。也曾雨后一起到黄河之滨，看浑浊的黄河水浩浩而去，建欣像一位老者讲述隔岸的陈年旧事。建欣的一位好友杨先生，巴盟人，暇时来乌海看望他。我们送君一程又一程，一路驱车送到黄河边。一行人到岸边的小饭店，旁边炉灶现炖了鲜美的黄河鲇鱼，我们就地摆开棋枰，雅人雅趣，不胜其乐。

记忆最深的是与建欣等几个朋友驱车四百公里，一起深入内蒙古西北部的阿拉善盟。"阿拉善"是贺兰山的音转，因贺兰山而得名。一路上荒无人烟，长长的路途偶尔碰到一辆来车交会而过。忽然闪现一湾小绿洲，间或有一两人出没。远山下偶尔看到一群羊或几只骆驼在吃草。唐代大诗人王维《使至塞上》："单车欲问边，属国过居延。征蓬出汉塞，归雁入胡天。大漠孤烟直，长河落日圆。萧关逢候骑，都护在燕然。" 居延海便是此地。廓大景象似从亘古而来。

　　我们先到吉兰泰参观盐湖，空气中弥漫着咸湿的味道。吉兰泰盐湖是我国大型内陆盐湖之一，以颗粒大、味道浓、晶莹透明、杂质少而闻名全国。据说此地早在先秦时期已采盐食用，距今已有两千多年的历史。吉兰泰又是我国恐龙化石的宝库，是中外古生物学家向往之地。中午就在吉兰泰用餐，招牌菜手把羊肉。稍饮几杯，边吃边聊。席间当地朋友说起阿拉善盛产水晶、玛瑙及各类奇石。有一种麦饭石，据说有调理身体的神奇功效。他还说起自己曾有一块贺兰石，因求人办事送人了，颇多惋惜之意。贺兰石又称吉祥石、碧紫石，为宁夏五宝之首，产于海拔两千六百米左右的贺兰山悬崖上，质地均匀细密，清雅莹润，绿紫两色，天然交错，刚柔相宜，叩之有声。用其雕刻的贺兰砚更是不可多得的宝贝，为书家之至爱。

　　下午驱车到阿盟的首府阿左旗，一场沙尘暴刚过，天色苍黄。我们在沙尘弥漫的街上逛了几个专卖水晶及各类奇石的店，并没有看到中意的东西。建欣的朋友是银行的行长，晚上设宴招待，吃到非常地道鲜美的烤乳羊。听说我们要来，这哥们儿提前一天让人把料备好，在传统的灶台炉火中慢慢烤熟，绝对是人间至味。第二天上午陪建欣出去办事，无意中问起大学同学李小非的下落，居然有人知道他的名字，在阿盟电视台工作。查号台查了号，拨个正着。小非匆匆赶过来，十年未见，样子一点没变。小非是个话痨，说起话没完没了，旁人只有听的份儿。聊了一会儿，小非盛情挽留，因建欣着急赶回去，只好作罢。

## 五

这段时间，在股票上无所作为，每天过着悠闲而有规律的生活，仿佛生活中的一切纷扰离我而去。

进入7月初，哥哥突然打电话给我，说老陈想请我过去帮他做事，并说如果定下来就要快一点。哥哥在电话中力主我过去，而我因在神华的工作已然不顺利，内心也是蠢蠢欲动。建欣专门开车送我回东胜，与家里商议其事。母亲不置可否，但是内心的担忧溢于言表。爱人则懵懵的，对将要发生的事情不知其所以然，没有发表更多的意见。此前我已把神华的工作关系转到了培训中心，相当于待岗培训，一走了之也无甚影响。匆匆把诸事处理完毕，又偕爱人乘建欣的车一起回乌海，把一些后续事情处理完。我定了7月11日从宁夏银川飞广州的机票，爱人则于7月10日乘火车从包头辗转回东胜。我送她到火车站，或许因为太年轻吧，并未感受到人生的离别忧伤。

7月11日上午，老包亲自送我到银川，建欣偕行。我们途经宁夏的黄曲桥，吃了当地著名的爆炒羊羔肉。弟兄情谊，山高水长，现在想想，真有点古人情怀。下午起飞，三小时便到了广州。适逢雷雨，无法降落，好像预示着我今后生涯的诸多坎坷。飞机转降珠海机场，在珠海滞留了近一小时后重新飞往广州。晚上哥哥给我接风，一起去天河北的南岗兄弟海鲜吃饭。那餐海鲜在我的记忆中很鲜美。

半年后爱人辞掉教职，毅然决然追随我来到深圳。从此生命步入另一个轨迹，诸多坎坷，自不待言。而有幸在中国改革开放最前沿目睹波澜壮阔的大历史，自是另一番风景。

附录

旧体诗词

# 心　志

2000 年 7 月 18 日

2000 年 7 月，只身前往深圳，迈向不可测的未来。

卅年心志已凋零，
奈何决绝独南行。
人生无常天有道，
一天白云任随风。

## 五律·梅江河①

2004 年 2 月 1 日

梅江河②温润如玉。客居梅城，薄暮时分，每每流连于岸边，天光云影，给我无限慰藉。

# 南渡北归人

梅江温又润，

慰我客居心。

烟雨朦胧色，

晴明秀丽容。

远山青叠翠，

近岸水涵云。

柔波袅袅去，

怅然依依情。

**注释**

① 关于本诗的押韵：依据上海古籍出版社《诗韵新编》关于通押的补充说明："庚痕二韵，历来泾渭分明，互不相通。但宋代名家诗词中实行通押的已有前例，今人更少拘检。故通押与否，悉由作者自便。"

② 梅江河：在广东省梅州市境内。

# 五律·别梅城

2004年6月5日

2002—2004年客居广东梅州两年，在人生中留下重要印记。2004年临别之时，感慨万千，作诗以记之。

月照梅江水，

波光动我愁。

依依白渡①畔，

脉脉百花洲②。

苦旅南飞雁，

飘零一叶舟。

春风春又过，

此别碎心头。

**注释**

① 白渡：地名，当地有宋湘故居。

② 百花洲：地名，在梅州市梅江。

## 读《易》感怀

2007 年 1 月 26 日夜

卅年东南旅，
风雨其涣然。
飘浮恒怀信，
未济未愁眠。
六载萃精神，
否尽暌元乾。
惕若①履薄冰，
坎坎践路难。
昼而千虑随，
夜深屯②书田。
知行自有数，
自强天地间③。
回首迢遥路，
一笑付等闲。

**注释**

① 惕若：警惕的样子。

② 旅、涣、恒、未济、萃、睽、乾、履、坎、随、屯：皆周易卦名。

③ 自强天地间：《周易·乾卦》：“象曰：天行健，君子以自强不息。”

# 忆二姥①

2007 年 12 月 31 日

外祖母、外祖父均八十八高龄，是年秋冬相隔三月先后过世。尝记幼时，与母亲盘桓步行几十里山路省亲。时外祖父为大队牧羊，外祖母操持家事，与姐姐、表弟尽情玩耍，山村野趣，留下多少美好童年回忆。

谷黍泛金黄，

玉米沁心甜。

嬉闹北后渠，

汲水杨树湾②。

暮色牧羊归，

晚霞映炊烟。

夜深乘明月，

围坐话家闲。

**注释**

① 二姥：鄂尔多斯方言，称外祖父为姥爷，外祖母为姥娘。

② 北后渠、杨树湾：皆外祖父家旁边自名之地名。这里从前清时即为外祖父家祖居地。2007年外祖母、外祖父相继过世后，周围已彻底荒芜。2018年夏，母亲七十六岁高龄回看祖屋，皆已倾塌矣。

## 七律·江南逢五十年一遇暴风雪①

2008年1月30日

潮涌生民望眼穿，

连天暴雪卷江南。

淹留路站多愁苦，

怅念家园罹酷寒。

漫漫京珠②冰雪覆，

遥遥小子泪眸干。

机枢痛定当思痛，

千古民生论盖棺。

**注释**

① 2008年春节前夕，江南逢五十年一遇暴风雪。广东百万打工者滞留铁路、汽运各客运站。现如今高铁四通八达，交通便捷。抚今追昔，不胜感慨。

② 京珠：指京珠高速。

## 淮源期梁兄①不遇

2012年8月3日

与梁由之兄相约，到桐柏好友兆强处共访淮河源头。我先期到达，由之兄因事转赴沪上，无法成行。盘桓数日，内心怏怏，旋即转赴故乡鄂尔多斯。于郑州机场登机前无聊，作诗一首，贴于由之兄天涯博客。

南渡
北归
人

夙怀楚狂②才，
相期访淮源③。
佳夕叹暌违，
中心徒遗憾。
念昔鹏城时，
就教于尊前。
闻兄爱李白，
岂为儿女怨。
待到秋高日，
桐柏再会猎。

**注释**

① 梁兄：梁由之，楚人。著名文史专家，出版家。重要著作有《百年五牛图》《大汉开国谋士群》等。主持出版著作一百余种。主编《百年文萃》大型书系。

② 楚狂：《论语·微子》：楚狂接舆歌而过孔子，曰："凤兮凤兮！何德之衰？往者不可谏，来者犹可追。已而！已而！今之从政者殆而！"孔子下，欲与之言。趋而辟之，不得与之言。

③ 淮源：淮河源头，在桐柏县境内。

# 七绝 · 南行在即

2015 年 4 月 28 日

2015 年再次南下深圳，南行在即，夜深，看着女儿熟睡的样子，想着未来种种不可测，不能寐。

宿醉为谁愁绪涌，
夜中独自起彷徨。
芳菲粤海南飞雁，
何处关山是吾乡。

## 股　殇

2015年6月

### （一）

攻守争衢地①，

射隼立高塘②。

错综复杂处，

沉吟费思量。

### （二）

一场富贵梦，

多少断肠人。

满庭风荷起，

寥落故园心。

**注释**

① 衢地：《孙子兵法·九地》："诸侯之地三属，先至而得天下众者，为衢地。"

② 高塘：《周易·解卦》上六爻："公用射隼于高塘之上，获之，无不利。"

# 忆江南①

2016年5月26日

春花谢，

霏雨洒江天。

不绝馨香如缕诉，

青灯不照旧红颜，

寥落立窗前。

**注释**

① 忆江南：词牌名。

# 七绝·王阅微三岁游泳

2016年7月15日

芝兰玉树①庭前立，
灼若芙蕖出渌波②。
夏日清凉得意处，
白云远岫自消磨。

**注释**

① 芝兰玉树：《世说新语·言语》：谢太傅问诸子侄："子弟亦何预人事，而正欲使其佳？"诸人莫有言者。车骑答曰："譬如芝兰玉树，欲使其生于庭阶耳。"

② 灼若芙蕖出渌波：曹植《洛神赋》："远而望之，皎若太阳升朝霞；迫而察之，灼若芙蕖出渌波。"

## 满庭芳① · 中秋

2016年9月15日

月明中秋，怅然想起故乡鄂尔多斯的无边山水，存季鹰之念乎。

圣地天骄②，无边秋色，露白原野茫茫。
万千幽想，直道③越蛮荒。
骋目黄河落日，霞光映，浩浩汤汤。
炊烟起，田畴错落，禾稼似金黄。

东窗，圆月起，清辉普照，美酒飘香。
约三五知己，借酒疏狂。
四十年来过客，幽梦影，漫说心伤。
箫声咽，月明还在，寂寞倚秋江。

**注释**

① 满庭芳：词牌名。

② 圣地天骄：鄂尔多斯为成吉思汗陵所在地，故有天骄圣地之称。

③ 直道：指秦直道。

# 七律·秋思

2016年10月9日

浪迹天涯忆旧游，

红颜愧对总堪羞。

秋风塞北黄杨下，

冷雨江南碎玉流。

百念归来心若寂，

千机变尽欲何求？

桃源归去闲情赋①，

旧酒新茶不系舟。

**注释**

① 桃源归去闲情赋：分别指陶渊明的《桃花源记》《归去来辞》《闲情赋》。

# 念奴娇①

## 2016 年 10 月 29 日

大学同学呼餐聚，微信直播。恍然遥想当年，填《念奴娇》以记之。

葱茏敕勒②，恰风云际会，眼空无限。

桃李湖③边春意暖，曾忆韶华明艳。

袅袅秋风，朗朗冬雪，多少情与怨。

青春无悔，终于冲破心茧。

杨柳再绿东原，光阴飞度，赤子冲前岸。

翰墨风流辉日月，相照丹心肝胆。

漫论斯文，否臧故国，不负当年愿。

江山千古，吾侪心意无间。

**注释**

① 念奴娇：词牌名。本词格律依《白香词谱》。
② 敕勒：敕勒川，今内蒙古土默川平原。
③ 桃李湖：指内蒙古大学校园内的桃李湖。


## 满江红①

2016年11月8日

　　九月底游历新疆，饱览大好河山，不由想起左公②，心有感焉。然终因笔力不逮，难书左公之气象格局，深以为憾。凡此再三，不能自已，填《满江红》（入声韵），一抒胸臆而后快。


　　杨柳依依③，凭吊处，左公所植。

青史笔，何曾书尽，武威刚烈。

万里河山擎重鼎，千重障碍筹边略。

老将行④，虽废垒残阳，丹心决。


西域史，薪不绝⑤。

曾汉月，曾唐迹。

有张骞出使⑥，北庭⑦埋骨。

守阙抱残存浩气，经天纬地吞戎敌。

伟丈夫，肝胆映苍穹，疆谁裂？


**注释**

① 满江红：词牌名，历来以押入声韵为主。本词格律依《白香词谱》。

② 左公：指左宗棠。左宗棠于1875年清朝国力衰败之际，以63岁高龄，率军平定新疆叛乱，收复失地，功在千秋。

③ 杨柳依依：典出《诗经·小雅·采薇》："昔我往矣，杨柳依依。"左公收复新疆时，所经之处，遍栽杨柳，后人名之曰"左公柳"。清代诗人杨昌浚有诗赞曰："大将筹边尚未还，湖湘子弟满天山。新栽杨柳三千里，引得春风度玉关。"

④ 老将行：唐代大诗人王维有《老将行》一诗。

⑤ 薪不绝：薪火相传之意。《庄子·养生主》："指（通脂）穷于为薪，火传也，不知其尽也。"

⑥ 张骞出使：指汉武帝时的张骞出使西域。

⑦ 北庭：指唐朝在新疆设立的北庭都护府。

## 雨霖铃①

2016 年 11 月 2 日

近年来，读民国故事颇多。抚今追昔，不胜之叹。填
《雨霖铃》以抒余怀。


风华民国，怅然消逝，我意胡适。
陈门梁脉②何在？尘烟往事，难窥魂魄。
忍看悲鸿垂泪，岭南欲休说。
雁过也，绝代风流，碧水青山大千落。

迅翁骨冷悲伤笔，孺子牛，字字和心血。
梅君蔡公③余憾，人已往，栋梁倾覆。
此去经年，怎忍得流景空无物。
罢罢罢，且待相斟，酹酒邀明月。

**注释**

① 雨霖铃：词牌名。

② 陈门梁脉：指陈寅恪和梁启超，民国时期与王国维、赵元任并称清华四大导师。

③ 梅君蔡公：指民国时期的大教育家梅贻琦和蔡元培。

## 庆春泽①·冬至

2016 年 12 月 23 日

暮色萧疏，灯华黯淡，江山万里沉凝。

欲海横波，付与年少光阴。

清虚湛寂尘烟落，幻梦间，岁月无痕。

手中杯，饮尽韶光，独守空心。

谁参古易阳初复②，怅坤阴兆亿，折戟豪情。

最忆童年，山花绿水长林。

乾坤变化无时尽，叹人生，由始及终。

又春来，梅雪寻香，故侣谁人。

**注释**

① 庆春泽：词牌名。

② 阳初复：《周易》十二辟卦，冬至月为"复卦"，一阳初生。北宋邵雍诗："冬至子之半，天心无改移。一阳初动处，万物未生时。"

## 眼儿媚①·怀旧

2017 年 1 月 22 日

红茗酽酒月西沉，

蛛网挂帘栊。

陈年旧事，

感伤几许，

过眼青春。

当年漫忆君知否？

煮酒纵豪情。

会心意处，

灵犀微妙②，

谁辨机锋。

**注释**

① 眼儿媚：词牌名。

② 灵犀微妙：借用禅宗典故。世尊于灵山会上，拈花示众。是时众皆默然，唯迦叶尊者破颜微笑。世尊曰："吾有正法眼藏，涅槃妙心，实相无相，微妙法门，不立文字，教外别传，付嘱摩诃迦叶。"

## 如梦令①·惜别

2017年1月31日

与母亲、兄、姊全家人春节团聚在广州哥哥处过年。初五过后，各奔东西，不胜伤感。

爆竹花②开低树，
笑语欢声薄暮。
日短妒春光，
转瞬涕零如注。
愁绪，愁绪，
常盼岁安来聚。

**注释**

① 如梦令：词牌名。

② 爆竹花：别称吉祥草，属多年生草本植物。在适宜的条件下，一年四季都可开花。兄之郊区住宅，春节时小区里遍地开放爆竹花，喜庆无比。

## 五律·灵光寺

2017年2月4日

　　粤东名寺灵光寺，为唐高僧潘了拳（自号惭愧）所建。手植柏树两株，后一生一死，称为生死树。多年前第一次观瞻寺庙，忽然莫名感动。其后念念不忘。

惭愧离尘色，

菩提断业根。

青山生死树，

净土大悲情。

天意存幽境，

灵光照后生。

江山皆须臾，

一念即佛心。


## 七绝·春日偶成

2017年4月4日


莲花①碧透纸鸢飞，

笔架②峰回暮色微。

万象雄浑春意暖，

谁人乘月入心扉。


**注释**

① 莲花：指深圳莲花山，上有邓公雕像。

② 笔架：指深圳笔架山。

## 蝶恋花①

2017年5月25日

与肖君在深圳翰宇清源对弈，局势反复。谑记之。一乐。

花映碧轩微雨夜，
初上霓虹，
翰宇②敲棋悦。
枰上烽烟龙欲猎，
机关算尽形还裂。

孤势取和非自怯，
霸业图成，
守得云开月。
取舍之间当审阅，
落枰无悔空悲切。

**注释**

① 蝶恋花：词牌名。

② 翰宇：深圳著名围棋活动场所，环境幽雅，在深圳罗湖华凯大厦。2016年起，每年于此举办深圳围棋联赛。


# 浣溪沙①·六一

2017年6月1日


恍然云烟隔少年，

红尘总在有无间，

天荒地老镜辞颜②。


最忆山中频撒野，

鸟飞石乱草如岚，

小河淌水湿衣衫。


**注释**

① 浣溪沙：词牌名。

② 天荒地老镜辞颜：王国维《蝶恋花》词："最是人间留不住，朱颜辞镜花辞树。"

# 五律·和林芍药节

2017年6月28日

内蒙古城和林格尔，夏初芍药节。大学同学凡三相邀，不能往。深以为憾。记之。

芍药花开季，

微风敕勒醺。

苍天接厚土，

大草过肥云。

萨满①承天意，

莽原隐古村。

悲筘犹在耳，

难舍故人心。

**注释**

① 萨满：萨满教是在原始信仰基础上发展起来的一种民间信仰活动。曾流传于中国东北到西北边疆地区许多民族中。

# 七律·读史

2017年9月21日

莫道浮生百事艰，

因生梦幻渺如烟。

星河亿兆游无极，

黄土千秋葬万缘。

屈子①悲吟沉汨水，

坡公②悟道啖罗山。

闲情挂杖怡丘壑，

放眼风光自在间。

**注释**

① 屈子：屈原，自投汨罗江而死。

② 坡公：苏东坡，曾贬于惠州。作《食荔枝》诗：罗浮山下四时
春，卢橘杨梅次第新。日啖荔枝三百颗，不辞长作岭南人。

## 苏幕遮<sup>①</sup>

2017 年 10 月 23 日

2012 年冬游霞涌，碧涛古塔<sup>②</sup>，当时万般心情，欲说还休。夜晚得闲，夜阑深静，遥想当年情境，不胜感慨。

夜寒凉，
一场醉。
多少心情，
尽付东流水。
追忆少年曾壮志，
陈迹飘零，
更向谁抛泪。

碧涛边，
风雨晦。
古塔庄严，

阅尽千秋岁。

欲问老僧缘或起，

黄卷青灯，

渡我空明慧。

**注释**

① 苏幕遮：词牌名。

② 古塔：位于大亚湾霞涌港南面五百米有宝塔洲岛，岛有一座六层石塔，塔下有一块"宝塔洲"石碑。此石塔有几百年的历史了，平时，很多渔民会上岛去塔里拜神。

## 潇湘夜雨①

2018年1月26日

携友夜过梅园访黄遵宪②故居。

夜色梅城，流深静水，微醺正洽心情。

梅园繁树，香冷欲销魂。

春渐近，雨涵初润。

## 南渡北归人

徒暗羡，明丽颜容。

婆娑影，花前月下，执手细喁喁。


蹉跎天下事，关山难越，羁旅无痕。

此夕欢宴，便是人生。

白渡隐，宋湘③草舍；

黄氏渺，人境庐空。

阑珊夜，多情我辈，来共此良辰。


**注释**

① 潇湘夜雨：词牌名，又名《满庭芳》，但实际上与《满庭芳》在字数、句式上有一些出入。

② 黄遵宪：字公度，别号人境庐主人，广东梅州人。清末诗人、外交家、政治家、教育家。其故居名"人境庐"，在今梅州市区。

③ 宋湘：字焕襄，号芷湾，广东梅州人。清代中叶著名的诗人、书法家、教育家，被称为"岭南第一才子"。《清史稿·列传》中称"粤诗惟湘为巨"。其故居在今梅州市白渡镇。

# 丑奴儿①

2018年2月19日

2018年春节前，机场送别女儿回鄂尔多斯。

一行春雨沾衣落，
泪眼蒙眬，
千万叮咛，
小别丫丫不忍心。

塞云凛冽寒川阔，
弄雪欢声，
飞舞衫红，
记得天天打视频。

**注释**

① 丑奴儿：词牌名。

# 虞美人①

2018 年 11 月

彩光摇动尘心夜，
欲老人先怯。
飞风过雨又十年，
缱绻心情回望旧时园。

收官②只在平常处，
慢卷珠帘暮。
红尘千古付闲茶，
盛景微凉当下度年华。

**注释**
① 虞美人：词牌名。
② 收官：围棋术语。

# 望海潮①·新年

2019 年 2 月 2 日

万家张彩，千山凝碧，春来暖意融融。

花鸟有情，云岚恣意，细思旧日光阴。

南渡北归人。

过眼风浪涌，绝代红尘。

如画新城，廿年心血付平生。

韶华易逝匆匆。

叹刿劳老骥，浩气无存。

浊酒几杯，馨香半缕，知天知命知心。

万事不关情。

好景曾入梦，梦醒难平。

侧望浮屠②耸立，缈缈入佛音。

**注释**

① 望海潮：词牌名。

② 浮屠：指深圳园博园福塔。

## 忆王孙<sup>①</sup>·中秋

2019年9月13日

月明海上照离人，

一缕馨香弄玉琴。

潺缓心音静夜听。

月玲珑，

愁绪低徊微叹声。

**注释**

① 忆王孙：词牌名。

# 武汉之疫为钟南山泪目题

2020 年 1 月 29 日

九省通衢疫不平，
钟鸣粤海续前程。
英雄泪目何由故，
一片丹心照汗青。

# 武汉之疫为医生护士题

2020 年 2 月 11 日

龙战于野血玄黄，
哀师浩然赴国殇。
补天填海由来事，
薪火生生慰栋梁。